W0215370

# FINAL FANTASY® XI

ONLINE

## DAS SCHWERT DES WÄCHTERS ①

Miyabi Hasegawa

Die Deutsche Bibliothek – CIP-Einheitsaufnahme
Ein Titeldatensatz für diese Publikation ist bei der Deutschen Bibliothek erhältlich.

Dieses Buch wurde auf chlorfreiem, umweltfreundlich hergestelltem Papier gedruckt.
In neuer Rechtschreibung.

„FINAL FANTASY XI: Das Schwert des Wächters ①" von Miyabi Hasegawa
Übersetzung © 2007 Panini Verlags GmbH,
Rotebühlstraße 87, 70178 Stuttgart.
Alle Rechte vorbehalten.

Japanische Originalausgabe: „FINAL FANTASY XI: Guardian Sword ①"
by Miyabi Hasegawa,
Illustrations by Eiji Kaneda.

© 2002–2007 SQUARE ENIX CO., LTD. All Rights Reserved.
Title design by Yoshitaka Amano
FINAL FANTASY and Vana'diel are registered trademarks of Square Enix Co., Ltd.
© 2003 Miyabi Hasegawa
All rights reserved.
First published in Japan in 2003 by ENTERBRAIN, INC., Tokyo.
German translation rights arranged with ENTERBRAIN, INC.
through Tuttle-Mori Agency, Inc., Tokyo.

Übersetzung: Kaoru Iriyama-Gürtler und Stephan Gürtler
Lektorat: Media-Agentur Gaby Hoffmann
Redaktion: Mathias Ulinski, Holger Wiest
Chefredaktion: Jo Löffler
Umschlaggestaltung: tab indivisuell, Stuttgart
Satz: Greiner & Reichel, Köln
Druck: Nørhaven Paperback A/S, Viborg, DK
Printed in Denmark

ISBN 978-3-8332-1569-8
1. Auflage, Mai 2007

**www.paninicomics.de/videogame**

FINAL FANTASY XI ~ Das Schwert des Wächters ① ~
mit Illustrationen von Eiji Kaneda

**Peta (Perutata-Porutata-Prompta)**

Eine Schwarzmagierin und Beschwörerin vom Volk der Tarutaru. Klein, aber oho: ein wandelndes Lexikon. Ihr Alter bleibt ein Geheimnis. Offenbar ist sie eine leidenschaftliche Sammlerin von Avataren.

**Ticky**

Eine ehrgeizige Mithra-Jägerin. Lynns beste Freundin. Verliert nicht gern. Dass sie noch ein wenig kindlich aussieht und recht klein ist, sollte man ihr besser nicht unter die Nase reiben.

Doug (Douglas)
Ein etwas eigensinniger Hume-Junge, der noch viel lernen muss. Da sein Vater Ritter ist, glaubt er, eines Tages auch einer zu werden. Ein fataler Irrtum, wie es den Anschein hat.
Lynn
Ein hübsches Hume-Mädchen mit äußerst aufrechtem Charakter und vorzüglichen Manieren, das gegen einen geheimnisvollen Fluch ankämpfen muss. Eine zufällige Begegnung mit einem Wyvern führt dazu, dass sie eine Dragoon wird.

**Guava**

Ein Faustkämpfer vom Volk der Galka und alter Freund von Douglas. Er wartet darauf, dass sein Vater von seiner Expedition in die Randgebiete zurückkehrt. Wie es aussieht, vergeblich.

**Nim (Nimral Lebanel)**

Ein Elvaan-Weißmagier. Ebenfalls ein Kumpel von Douglas. Er nimmt alles ziemlich locker, dementsprechend ist auch sein Mundwerk recht lose. Sein Vater gehört zu den Tempelrittern von San d'Oria.

# FINAL FANTASY® XI
ONLINE

## Das Schwert des Wächters ①

Miyabi Hasegawa

Panini Books

# Inhalt

# Prolog

Tiefe Stille herrschte im Wald.

Lediglich die Schrittgeräusche der gelben Riesenvögel – der Chocobos – drangen an Douglas' Ohren, jedes Mal, wenn ihre Beine auf den Boden sausten. Ihre drei Krallen an jedem Bein scharrten über die Straße, die nur aus einem grauen Kiesweg bestand.

Es gab zwei dieser Geräuschquellen: Auf einem der Chocobos ritt Douglas. Auf dem anderen, der neben ihm galoppierte, saß ein Mädchen. Beide waren ziemlich weit hinter ihre Kameraden zurückgefallen.

Weiter vorne galoppierten nämlich vier weitere Chocobos, die den zwei Kumpels von Douglas und den beiden Freundinnen des Mädchens gehörten.

Vor Douglas' Augen tauchte nichts außer Bäumen mit grünen Blättern auf.

Da ihre Äste sich über die Straße erstreckten, behinderten sie die Sicht. Ständig machte der Weg Biegungen, sodass schwer einzuschätzen blieb, in welche Richtung er eigentlich führte.

Nicht einmal die Schatten der vier Chocobos vor ihnen waren zu sehen.

*Gar nicht gut*, dachte Douglas.

Vielleicht verhielten sie sich da vorne so ungeduldig, weil das Ende des Waldes sich näherte.

*Können wir nicht ein bisschen schneller reiten?* Er wandte sein Gesicht zur Seite und warf dem Mädchen einen prüfenden Blick zu. Wie es ihr wohl ging?

Der Anblick ließ ein Lächeln um seine Lippen spielen.

Zwei Schwänze hüpften im exakt gleichen Rhythmus auf und nieder. Ein roter und ein blauer.

Der Rote bestand aus dem Haar des Mädchens. Es reichte bis zum Rücken und war im Nacken zusammengebunden. Im Sonnenschein, der durch die Äste fiel, glänzte es rot. Ein mit Blond gemischtes Rot. Außen umgab es ein schimmernder, durchsichtiger Rand.

Der blaue Schwanz gehörte dem Wyrm. Dieses Wesen, dessen ganzer Körper so blau war, dass es an den Himmel im Hochsommer erinnerte, saß brav auf dem Schulter-Panzer des Mädchens. Genau genommen war es ein neugeborener kleiner Wyrm von der Art, die „Wyvern" genannt wurde. So bezeichnete man Wyrms, die fliegen konnten.

Die beiden Schwänze hüpften weiterhin heftig.

Die Chocobos waren über einen Baumstamm gesprungen, der quer über dem Weg lag.

Die absolut identische Bewegung der beiden Schwänze zog Douglas' ganze Aufmerksamkeit auf sich.

„Alles … in … Ordnung, Douglas?", rief das Mädchen, während es ihm das Gesicht zuwandte. Sie besaß eine klare Stimme, doch wegen des starken Gegenwindes klangen die Worte abgerissen.

Ihre Haut schimmerte weiß, fast transparent, doch ihre Wangen, über die der kühle Vorfrühlingswind strich, waren sanft gerötet.

Mit ihren haselnussbraunen Augen schaute sie Douglas direkt an.

Dieser feste Blick ließ ihn nicht los. Sein Herz pochte plötzlich heftig. Hastig schüttelte er den Kopf. „Äh … ich meine …" Seine Stimme war so schwach, dass sie sofort vom Wind weggeweht wurde.

Da er nichts weiter sagte, lenkte das Mädchen seine Aufmerksamkeit wieder auf die Straße.

Denn auf einem galoppierenden Chocobo sollte man sich möglichst auf den Weg konzentrieren, der vor einem lag. Zumindest theoretisch …

Doch der Besitzer des blauen Schwanzes, der sich ebenfalls zu Douglas umgedreht hatte, starrte ihn noch immer an.

„Was denn!?", brummte Douglas. Eigentlich sollte seine Stimme nicht zu hören sein. Doch …

„Urüüüüü!" Mit steif aufgerichtetem Schwanz drohte ihm der kleine Wyvern. Als er sein Maul weit aufriss, zeigten sich auf einmal dicht aneinander gereihte, spitze Zähne.

„Ufy!“, rief das Mädchen ihn bei seinem Namen, während sie ihren Blick weiterhin nach vorne gerichtet hielt. Ihre entschlossene Stimme zwang den kleinen Wyrm zur Ordnung.

Er guckte nach vorne. Wie vorhin baumelte sein kurzer Drachenschwanz über den Rücken des Mädchens herab.

Die beiden Schwänze begannen wieder, im selben Rhythmus auf und ab zu hüpfen.

Douglas, der für eine Weile die Luft angehalten hatte, atmete endlich aus. Dann riss er sich zusammen und rief dem Mädchen zu: „Ist alles in Ordnung mit dir, Lynn!?“

Sie fixierte weiterhin den Weg vor sich. Nur einen flüchtigen Blick hatte sie ihm zugeworfen. „Ja, alles ... in ... Ordnung!“

Ihre Stimme hörte sich stabil an. Für seinen Geschmack zu stabil.

Denn dieses Mädchen litt an einem *Fluch!*

Dies war auch der Grund, warum es ihre Kameradinnen, die jetzt an der Spitze ritten, so eilig hatten. Obwohl – dass sie nicht einmal auf die Idee kamen, kurz nach hinten zu schauen und ein wenig Rücksicht auf ihre Freundin zu nehmen, hatte wohl auch mit einem von Douglas' Freunden zu tun. *Wozu denn dieser andauernde Wettstreit?* Douglas seufzte heimlich. Sie konnten nicht anders, als aus allem einen Wettkampf zu machen. Wahrscheinlich sogar in diesem Moment.

+ + +

„Der Weg ist zu eng! Rück mir nicht so auf die Pelle!“, schrie das Mädchen mit den gelben Haaren, das auf der linken Straßenseite ritt.

Ein Junge von äußerst kräftigem Körperbau, der hinten einen dicken Eidechsenschwanz hatte und auf der rechten Seite ritt, brüllte zurück: „Wie oft soll ich's dir noch sagen: Lass mich nach vorne!“

Der Weg, auf dem die beiden Chocobos galoppierten, hatte sich zu einer Art Graben gewandelt, der mitten durch den Wald verlief. Die beiden Seiten ragten schroff empor, wie bei einem ausgetrockneten Flussbett. Er war zwar nicht gerade als breit zu bezeichnen, doch sonderlich eng wirkte er auch nicht.

Dass es den beiden trotzdem so vorkam, lag daran, weil sie beide ständig versuchten, den kürzesten Weg zu nehmen und jede Kurve möglichst eng zu reiten. Ihre Chocobos drängten sich so nah aneinander, dass sie sich fast berührten.

„Hörst du schlecht!? Überlass einer Jägerin im Wald die Führung!“

„Dummkopf! Und was, wenn da vorne ein Monster auf uns lauert!?“

Dieses logische Argument fand allerdings bei dem Mädchen mit dem löwenzahngelben Haar keinerlei Gehör.

Stattdessen schrie sie dem Jungen, der so kräftig gebaut war wie ein Bär, etwas zu, was sie eigentlich nicht sagen sollte: „So was sagt ausgerechnet ein Mönch mit einem lächerlich dünnen Panzer!“

„Mönch“ galt als Bezeichnung für einen Faustkämpfer.

„Wie war das? Was hast du eben gesagt? Du mit deinen lächerlich mickrigen Brüsten!“

„Ist doch wohl tausendmal besser als ein Kerl mit lächerlich mickrigem Hirn!“ Das Mädchen hatte lange spitze Ohren, Augenwinkel, die nach oben standen, und einen schmalen Katzenschwanz. Sie war sehr zierlich und klein und gehörte zum Stamm der Mithra.

Der Junge dagegen war ein Galka. Seinen ganzen Körper bedeckte dickes Haar, und hinten trug er einen kräftigen Eidechsenschwanz.

Der Anblick der beiden ließ an eine kleine Katze und einen Bären denken, die sich zankten.

Obwohl es einen sehr wichtigen Grund gab, sich zu beeilen, war es äußerst fraglich, ob den beiden das gerade bewusst war.

Der eigensinnige Wettkampf, der schon seit geraumer Zeit zwischen ihnen herrschte, würde erst ein Ende finden, wenn die Hitzköpfe sich abgekühlt hatten.

Das hatten die beiden anderen, die in einem Abstand von etwa fünf Chocobo-Längen hinter ihnen ritten, schon kapiert, obwohl sie einander erst vor Kurzem kennengelernt hatten. Es waren ein Elvaan-Junge mit blondem Haar und ein Tarutaru-Mädchen mit rot-braunem Haar.

Sie hielten Abstand zur Vorhut – nicht zu nah, aber auch nicht zu weit. Langsam machten sie sich Sorgen um ihre Kameraden Douglas und Lynn, die hinter ihnen ritten, sodass sie manchmal einen Blick nach hinten warfen.

„Mist!“ Guava, der Galka-Junge, schnalzte ärgerlich mit der Zunge.

Vor ihnen wuchs ein Felsbrocken aus dem Boden, den er mit beiden Armen hätte umfassen können. Er hatte keine andere Wahl, als seinen Chocobo nach rechts zu lenken, um dem Hindernis auszuweichen.

Währenddessen überholte ihn seine Widersacherin um eine halbe Chocobolänge.

Zudem machte der Weg gleich eine Biegung nach links.

„Gewonnen!“, jubelte das Mithra-Mädchen, Ticky, und drückte mit dem linken Knie gegen die Flanke ihres Reittiers. Aber nur ganz sanft und leicht, damit der zusammengefaltete Flügel nicht verletzt wurde. Das genügte vollkommen.

Der Chocobo lenkte nach links und nahm die Innenbahn ein – exakt so, wie Ticky es ihm befohlen hatte.

Die Äste, die über die Landstraße herabhingen, streiften ihren Körper, der sich nach vorne über ihr Reittier duckte. Gnadenlos peitschten dünne Äste ihre Arme. Aber sie unterdrückte die Schmerzen. Denn ihr Chocobo würde sofort langsamer werden, wenn er ihre Unsicherheit spürte. Sie presste ihre Lippen fest aufeinander und blieb in ihrer Haltung. Jetzt hatte sie Guava sicherlich abgehängt. Sie zog ihre Mundwinkel nach oben und grinste wie eine Katze. Dann warf sie sich triumphierend in die noch relativ wenig entwickelte Brust. In diesem Moment vernahm sie Guavas Warnruf.

Mit einem klatschenden Geräusch fiel etwas von einem Ast auf ihren Kopf herab.

Automatisch brachte Ticky ihren Chocobo zum Stehen.

Ein ziemliches Gewicht lastete auf ihrem Kopf.

Als sie die Augen nach oben rollte, konnte sie etwas wie einen rosaroten Klumpen erkennen.

Dieser Klumpen bewegte sich auf ihr.

Tickys Haare standen vor Schreck zu Berge.

Fühler krochen ihren Nacken hinab.

Da stieß Ticky ein so lautes Geschrei aus, dass einem die Ohren wehtaten.

+ + +

Den Schrei konnte sogar Douglas hören.

Es war der Hilferuf eines Mädchens. Vom Ende der Straße.

„Ticky!“, rief Lynn den Namen ihrer Freundin und trieb ihren Chocobo an.

Der Wyvern auf ihrer Schulter krallte sich mit ganzer Kraft fest.

*Jetzt verstehe ich, warum dieser Schulter-Panzer so verkratzt ist.* Auch Douglas ließ seinen Chocobo schneller laufen.

Das Grün, das seine Sicht versperrt hatte, zog links und rechts vorbei und verschwamm am Rand seines Blickfeldes.

Der Gegenwind peitschte ihm ins Gesicht. Tränen traten ihm in die Augen, die der Wind über die Wangen trieb. Er bog um die zweite Kurve. Bei dem Anblick, der sich ihm jetzt bot, stieß er ein gedämpftes Grollen aus.

Es waren fünf rosarote Klumpen. Sie hatten einen Kreis um seine vier Kameraden sowie ihre Reittiere gebildet und rückten mit sich schlängelnden Körpern immer näher heran.

Jeder dieser Klumpen war etwa so groß wie ein Hume-Kind und glich einer riesigen Nacktschnecke. Allerdings sahen sie runder aus – etwa wie Brotteig, der geknetet, stehengelassen und aufgegangen war. Dass ihre ganzen Körper aus klebrigem, glänzendem, rosarotem Fleisch bestanden, unterschied sie allerdings von einem Brot.

Diese Wesen bewegten sich fort, indem sie ihre rosaroten Körper zusammenzogen und dann wieder ausdehnten.

Da sich Douglas' Freunde auf einer schmalen Straße befanden und zu beiden Seiten Felsen aufragten, hatten sie keine Möglichkeit, rasch zu fliehen.

Immer näher rückten die rosaroten Monster und verengten den Kreis.

Während sie einen Pfeil auf ihren Bogen legte und schoss, schrie Ticky: „Igitt! Wie eklig! Bleibt, wo ihr seid, ihr Biester!"

„Ziele lieber besser, statt so zu schreien!"

Der Pfeil bohrte sich knapp vor einem der Monster in den Boden. Es hielt für einen Moment inne.

Douglas und Lynn ließen die Chocobos hinter der Biegung warten: Ihre unersetzlichen Reittiere wollten sie auf keinen Fall gefährden. Von dort rannten sie zu ihren Freunden.

Lynn erreichte den Ort des Geschehens zuerst. Sie zog ihre Lanze vom Rücken und kreischte: „Ticky!" Dann trat sie einen Schritt nach vorne. Ihre lange Lanze blitzte auf.

Zwei der rosaroten Monster drehten ihr schnell ihre durch die Luft schwingenden Fühler zu. Offensichtlich waren das ihre Vorderseiten.

„Sei vorsichtig! Das sind Blutsauger!", rief das Tarutaru-Mädchen, das neben ihrem Chocobo stand. Sie begann bereits mit der Rezitation eines Zauberspruches – sie war nämlich Magierin und zudem Beschwörerin.

Lynn nickte kurz. Dann sagte sie: „Ich übernehme die zwei.“ Sie ging auf die beiden Monster zu, lenkte ihre Aufmerksamkeit auf sich, indem sie geschickt ihre Lanze durch die Luft schwang und lockte die Klumpen von ihren Kameraden weg.

„Kannst du das auch wirklich!?“, rief Douglas zu ihr hinüber.

„Kein Problem!“

Der Wyvern hatte sich längst von ihrer Schulter erhoben und flog über ihr Kreise.

Das Hume-Mädchen kletterte die felsige Böschung neben der Straße empor.

Douglas machte sich Sorgen um sie. Trotzdem ließ er zweimal schnell sein Langschwert kreisen. Genau wie Lynn provozierte er damit die Monster und zog ihre Aufmerksamkeit auf sich. Langsam ging er rückwärts. Damit lenkte er zwei weitere Monster, die ihm folgten, von seinen Kameraden ab.

Jetzt blieb für Ticky und Guava nur noch eines übrig.

Er sah, dass Guava sofort auf das letzte Monster losging und ihm seine eiserne Nietenfaust in den Körper rammte.

„Ach, herrje! Sind das nicht Wald-Blutegel? Die Dinger saugen nicht nur Blut, sondern auch magische Kräfte. Wie furchtbar.“ Die Stimme barg einen für die bedrohliche Situation gänzlich unpassenden, sorglosen Tonfall. Sie gehörte Nim, einem weiteren Freund von Douglas. Selbst während er „wie furchtbar“ sagte, verzog er keine Miene.

Das wusste Douglas, ohne dass er ihm deshalb ins Gesicht sehen musste.

„Erledige sie schnell, Doug! Es wäre lästig, wenn es noch mehr würden.“

Bei diesen Worten runzelte Douglas die Stirn. *Mehr!?*

„Ja! Erst war es nur ein einziges Ding!“, klagte Ticky, während sie wieder ihren Bogen spannte.

*Ach, verstehe. Dieses Monster hat wohl die anderen gerufen. Deshalb haben wir es gleich mit so vielen zu tun.* Douglas beschloss, zunächst denjenigen der beiden Egel zu töten, der ihm am Nächsten war. Er prüfte erst, ob er sie inzwischen weit genug von seinen Kameraden weggelockt hatte, dann sprang er mutig auf den Gegner los.

Fast gleichzeitig zog dieser seinen Körper eng zusammen und stieß sich heftig vom Boden ab! Der Wald-Blutegel sprang bis auf Douglas’ Augenhöhe und wölbte sein rundes Maul hervor.

*Igitt!* Wenn der Egel ihn erwischte, würde er ihm das Blut aussaugen. Ein Kuss von einem solchen Ungeheuer … „Nein danke!“ Mit aller Kraft schlug Douglas mit seinem Schwert nach der Kreatur.

Der in zwei gleiche Hälften geteilte Wald-Blutegel fiel zu Boden, dann blieb er liegen. Er bewegte sich nicht mehr.

Jetzt hatte er es nur noch mit einem Monster zu tun.

Erneut hob Douglas sein Schwert, da sah er plötzlich einen bläulichen Schatten.

Mit einem schrillen Kampfruf sprang der azurblaue Avatar, den die Tarutaru-Beschwörerin gerufen hatte, auf den Wald-Blutegel los. Es war ein Carbuncle. Dreimal blitzten die scharfen Krallen an seinen Vorderbeinen auf.

Die Haut des Egels wurde aufgerissen, und dann spritzte seine Körperflüssigkeit in alle Richtungen.

Gedankenschnell sprang Douglas zurück.

Der Carbuncle hingegen trat noch einmal mit seinen Hinterbeinen nach dem Monster und hopste dann zur anderen Seite weg. Mit einer eleganten Bewegung landete er auf dem Boden. Dann rollte das Wesen, das einen langen Eichhörnchenkörper und ein Katzengesicht hatte, seine drei Schwänze dicht an den Körper und warf sich in die Brust, so als wollte es sagen: „Na, habe ich das nicht toll hingekriegt?“ Auf seiner Stirn glänzte ein rubinroter Tropfen.

Der Blutegel bewegte sich nicht mehr.

Douglas, der den Atem angehalten hatte, atmete erst jetzt wieder aus.

Der Avatar rannte zu seiner Beschwörerin.

Neben dem Tarutaru-Mädchen standen die Mithra und der Elvaan-Freund von Douglas.

Ticky hob erneut ihren Bogen.

*Wo ist Guava?* Douglas erschrak. Sie mussten jetzt eigentlich alle Gegner besiegt haben. Trotzdem war Guava nirgends zu sehen.

Douglas wandte seinen Blick in die Richtung, wohin Tickys Pfeil zielte.

Dort sah er Guava aus Leibeskräften rennen.

Und auf der anderen Seite?

„Lynn!“

Auf einem kleinen Fels oben an der Böschung kniete Lynn und stützte sich auf ihre lange Lanze.

Vor ihr wanden sich zwei weitere Wald-Blutegel.

Douglas bereute, dass er sie allein gelassen hatte. Er hatte doch gewusst, dass sie an einem Fluch litt. Sie hatte sich also überanstrengt. So schnell er konnte, rannte er los.

Die Bogensehne surrte.

Guava warf sich sogleich zu Boden.

Der Pfeil zischte knapp an ihm vorbei und nagelte einen der beiden Wald-Blutegel in den Boden, der sich gerade hochgereckt hatte, um Lynn anzugreifen. Er brach zusammen und lag flach da.

„Willst du mich umbringen!?“, brüllte Guava, während er ein Knie gegen den Boden stützte und sich aufrichtete.

„Quatsch! Ich treffe dich schon nicht!“, schrie das Mithra-Mädchen zurück.

*Einer ist immer noch übrig.* Douglas erreichte den Fuß der Böschung.

Guava, der wieder auf den Beinen war, flitzte weiter.

Der Wyvern kreischte über seiner Herrin. Er flog mehrere Kreise. Als ob er damit zum Ausdruck bringen wollte, dass er nicht wusste, was er jetzt tun sollte.

Jede Sekunde rückte der letzte Wald-Blutegel näher an Lynn heran.

Guava lief zwar auch so schnell er konnte, aber wahrscheinlich würde Douglas sie als Erster erreichen.

Der Körper des Wald-Blutegels zog sich zusammen. Er machte sich zum Angriff bereit.

Douglas stürmte die Böschung hinauf und sah, dass Lynn sich aufrichtete, obwohl sie sehr wackelig auf den Beinen war. Sie griff ihre Lanze mit beiden Händen, wobei deren Spitze allerdings fast den Boden berührte. Mit geschlossenen Augen versuchte sie, ihren Atem zu beruhigen.

„Lynn!“, rief Douglas, aber sie reagierte nicht.

Sie konzentrierte sich.

Selbst aus der Entfernung von einigen Schritten konnte Douglas die Schweißtropfen auf ihrer Stirn erkennen.

Ihr Atem ging noch unregelmäßig. Sie versuchte mit allen Mitteln, ihn zu beruhigen.

Auf einmal rauschten die Blätter, die an den Ästen

herabhingen. Ein weißer Wind wehte: Der Wind der Heilung: „Heilga."

*Gerade noch geschafft.*

Lynns Augen öffneten sich wieder.

Der Wald-Blutegel schnellte los, indem er alle seine Kräfte auf einmal entlud.

In diesem Moment zischte eine silberne Spur geradewegs auf ihn zu – Lynns Lanze!

Einer der roten Fühler wurde abgerissen und weggeschleudert. Der runde Körper stürzte zu Boden und überschlug sich.

Dann ließ Douglas, der den Kampfplatz endlich erreicht hatte, sein hocherhobenes Langschwert auf den Wald-Blutegel herabsausen. Er ekelte sich vor diesem Gefühl von Nachgiebigkeit und Weichheit, das er in seiner Hand spürte, als die Klinge durch den Körper glitt, dennoch legte er noch mehr Kraft in seinen Schlag.

Schließlich ruhte auch der letzte Wald-Blutegel tot auf dem Boden.

Plötzlich hörte Douglas ein Geräusch hinter sich! „Lynn!"

Da lag sie! Sie war zusammengebrochen – wahrscheinlich war sie wohl aus Erleichterung in Ohnmacht gefallen.

Douglas und Guava, der nun ebenfalls herangekommen war, trugen sie gemeinsam zu ihren Kameradinnen.

„Lynn! Lynn! Antworte doch!", schrie Ticky panisch.

Nim, der Elvaan, schob sie zur Seite und prüfte Lynns Zustand. Er war Weißmagier. Auch den „Heilga"-Zauber von vorhin hatte er ausgeführt.

„Ist sie in Ordnung?", fragte Douglas besorgt.

„Sie hat keine schweren Verletzungen. Am Oberarm wurde ihr allerdings Blut ausgesaugt. Sogar ganz schön viel. Sie konnte sich ja nicht verteidigen. Na ja, aber es ist nicht sonderlich dramatisch", stellte Nim leichthin seine Diagnose. Dann hob er seinen Stock.

„So! Nun bitte ich die gute alte Göttin um eure Heilung. Stellt euch schön in einer Reihe auf! Vorwärts!", kommandierte er, während er mit dem Stock herumfuchtelte. Seine Redeweise war ganz schön kess, sodass es vielleicht sogar besser war, wenn die Göttin gerade nicht zuhörte. Allerdings machte er dabei eine durchaus bedeutungsvolle Miene – wobei fraglich war, ob er es wirklich ernst meinte oder nur so tat.

„Du brauchst nur ungefähr die Hälfte zu übernehmen. Den Rest kann mein Carbunclechen erledigen", mischte sich das Tarutaru-Mädchen ein, deren Gesicht hinter dem Galka auftauchte. Sie deutete auf den Carbuncle, dessen Gesicht sich auf der anderen Seite zeigte.

Der wirkte etwas peinlich berührt, als er „Carbunclechen" genannt wurde – so zumindest kam es Douglas vor. Eine solche Anrede passte vielleicht nicht ganz zu einem Avatar, einem legendären Wesen, das sogar „als Verkörperung eines Gottes" bezeichnet wurde.

„Soll ich auch etwas machen?“, erkundigte sich Douglas.

Auch er konnte zumindest den „Heilga“-Zauber ausführen.

Aber sein Angebot wies das Tarutaru-Mädchen kopfschüttelnd zurück: „Geht schon, danke! Aber wir sollten hier besser so schnell wie möglich verschwinden.“ Damit wies sie mit ihrem kurzen Stock auf das Ende der Straße. „Der Wald von Jugner ist bald zu Ende. Vor Sonnenuntergang sollten wir ihn hinter uns haben.“

„Tja! Wenn sich nicht ein gewisser Jemand von seinem Chocobo hätte abwerfen lassen, wären wir schon längst so weit.“

„Hey, was hast du da gerade gesagt!?“, brauste Ticky auf, als sie Guavas Murmeln hörte.

Zwar war Ticky gerade mal so groß, dass sie ihm bis zum Bauch reichte, aber deswegen ließ sie sich noch lange nicht einschüchtern.

„Hey, hey, hey!“, versuchte Douglas, die beiden zu beschwichtigen.

„Mm …“

Guava schwieg. Er wusste, dass er sowieso schon zu viel gesagt hatte.

Douglas schaute auf Lynn, die mit geschlossenen Augen im Gras lag. Der weiße Schimmer von Nims Heilzauber umhüllte sie. Man konnte ihn deutlich sehen.

Ein Zeichen dafür, dass der Sonnenschein schwächer wurde.

Ihr Atem beruhigte sich bereits. Bald würde sie wieder vollkommen in Ordnung sein.

Der Wyvern, der bis jetzt neben ihr gesessen und seine Flügel eng an den Körper gelegt hatte, öffnete diese sanft. Mit einem grollenden Geräusch flog er auf.

Dann schlug er mit seinem Schwanz ein paar Mal leicht auf Douglas' Kopf.

Für eine Weile starrten sie aneinander böse an.

„Ich verstehe schon, was du meinst …", nickte Douglas unwirsch.

Sie sollten sich beeilen, den Wald hinter sich zu bringen und die Hügel zu erreichen, um Lynn von ihrem Fluch zu befreien. Das wollte ihm der kleine Drache mitteilen.

„Die Sonne geht gleich unter …", murmelte das Tarutaru-Mädchen leise vor sich hin.

In der Tat wurde es langsam dunkler.

„Also, brechen wir auf!", forderte Ticky. Auch sie war ungeduldig und wollte den Fluch ihrer Freundin so schnell wie möglich lösen.

Douglas hatte nichts dagegen.

Lynn erwachte. Kaum hatte sie sich aufgerichtet, murmelte sie: „Vielen Dank. Ich fühle mich schon viel besser." In ihre haselnussbraunen Augen waren die Lebensgeister wieder zurückgekehrt.

# KAPITEL · 1

Wie jeden Morgen starteten die Freunde Douglas und Guava ihr tägliches Training.

Douglas schwenkte ein Holzschwert in seiner Rechten, dessen Länge nicht ganz seiner Körpergröße entsprach. Am linken Arm trug er einen kleinen, runden Schild, den er zum Schutz vor sich hielt.

Guava hingegen trug an beiden Handrücken Schlagringe, die mit abgestumpften eisernen Nieten bedeckt waren, und ging ein wenig in die Knie.

Die beiden standen sich gegenüber, die Oberkörper leicht nach vorne gebeugt. Der Abstand zwischen ihnen betrug höchstens zwei Meter.

Die Wiese, auf der sie sich befanden, lag im Garten hinter der Villa, wo Douglas wohnte. Die Wiese hatte den harten Winter offensichtlich gut überstanden und war bereits ordentlich gemäht worden.

Die beiden Freunde beruhigten ihre Atmung und warteten einen günstigen Moment ab, in dem der andere nicht aufpasste. Es war ein kalter Vorfrühlingsmorgen. Die Luft, die sie ausatmeten, dampfte in weißen Wölkchen über ihren Köpfen.

Guava stieß einen Kampfschrei aus und bewegte sich als Erster. Er duckte sich noch tiefer, und sein rechter Fuß flog plötzlich knapp über dem Boden dahin, um

Douglas einen Tritt zu versetzen. Guava hatte es scheinbar auf dessen vorderes linkes Knie abgesehen.

Diese Stelle konnte Douglas mit seinem Schild schlecht schützen. Also zog er sein linkes Bein schnell zurück. So sah es zumindest aus. Stattdessen machte er aber mit seinem angehobenen linken Fuß einen Ausfallschritt nach vorne. So stürmte er auf Guava los und versuchte, ihm einen Schwerthieb zu verpassen. Er hörte, wie das Holzschwert durch die Luft sauste.

Doch auch Guavas Tritt war eine Finte gewesen. Nur scheinbar hatte er sich auf Douglas' linkes Knie konzentriert. Plötzlich pflanzte er seinen rechten Fuß fest auf den Boden.

Ein dumpfes Geräusch durchschnitt die morgendliche Stille. Das Schwert brach mittendurch. Kleine Holzsplitter tanzten durch die Luft.

Guava war es gelungen, das Holzschwert mit seinem eisernen Schlagring abzuwehren. Hinter den Holzsplittern, die zu Boden trudelten, kam sein schadenfroh grinsendes, bärtiges Gesicht zum Vorschein. „Na! So ein Pech! Dein Schwert ist hin!"

„Mist!"

„Jetzt bin ich dran. Pass auf!" Guava ballte seine beiden Fäuste neben den Hüften. Langsam und konzentriert atmete er aus. Etwas Transparentes flimmerte um seinen Körper und umhüllte ihn.

Was Douglas jetzt sah, war Guavas vollständig verdichtete innere Energie, die von seinem Körper ausstrahlte. Sofort bemühte er sich, außerhalb von Guavas Reichweite zu kommen und trat schnell ein paar Schritte zurück.

Da explodierte Guavas Kampfgeist. Er folgte Douglas. Dann schoss seine Faust nach vorne! Rechts, links, noch mal rechts – blitzschnell prasselten seine Schläge auf Douglas ein, begleitet von kurzen Schreien: „Hey, hey, hey!" Diese Technik hieß „Kombo".

„Verdammt!" Douglas schützte seinen Körper mit dem Schild und rammte Guava mit der Schulter. Dann schlug er ihn mit seinem Schild kräftig zur Seite weg und landete einen sogenannten „Schildschlag".

Guava bog sich nach hinten. Ein paar Mal ruderte er mit einem Fuß durch die Luft. Doch er hielt die Balance. Die Bewegungen der beiden Kämpfenden stoppten. Douglas nutzte diesen Moment, um seine verdichtete innere Energie in das Holzschwert fließen zu lassen. Er spürte, dass etwas seine Wirbelsäule emporstieg, währenddessen stellte er sich eine Flamme vor. Das war „Roter Lotus". Bei dieser Technik floss dank der inneren Energie Feuer in die Schwertklinge.

Seine Handfläche wurde langsam wärmer, aber er wollte diese Technik, bei der das ganze Schwert von einer scharlachroten Flamme umhüllt war, jetzt einfach anwenden. Er holte aus und … *Moment mal! Ist das Schwert nicht ein bisschen zu heiß?*

„Da brennt was“, murmelte Guava. Als Douglas aufblickte, merkte er, dass dies sein Schwert war. In hohem Bogen warf er es weg. Dort, wo es gelandet war, fraß sich das Feuer in das Gras der Wiese und erlosch.

„Was machst du denn wieder für Sachen, Doug?“

„Nim!“ Nim näherte sich ihm, wobei er einen Finger zwischen die Seiten des Buches legte, in dem er gerade gelesen hatte. „Es ist zwar so, dass die Form des Schwertes die Feuerenergie zur Wirkung bringt …“, begann er, ernst zu referieren.

Die Form eines Gegenstandes besaß eine wichtige Bedeutung. Ließ man seine innere Energie in eine Waffe fließen, so konnte man, je nach deren Form, eine ganz bestimmte Wirkung erzielen. Bei einem Langschwert kam zum Beispiel Feuer heraus. So zumindest hatte Douglas sich das immer vorgestellt.

„Glaubst du wirklich, dass du mit einem kaputten Spielzeugschwert aus Holz den Fluss der inneren Energie kontrollieren kannst? Das Ding hat nicht einmal ein Schmied gemacht“, gab Nim weiter zu bedenken.

*Ach? So ist das also!*

„Ja, so ist das!“, betonte Nim, der offensichtlich Douglas’ Gedanken erraten hatte. „Jede Waffe, jeder Panzer, jedes Messer, jeder Topf oder Kessel, sogar jeder Löffel wird mit dem Bewusstsein geschmiedet, dass darin irgendwann innere Energie fließen könnte. Aber doch nicht ein Holzschwert zu Übungszwecken. Das wird ohne Kristalle hergestellt, die den Fluss der Energie ermöglichen“, dozierte er.

Guava sagte bloß: „Das war’s wohl mit dem Training für heute, oder?“ Er gab seine Kampfhaltung auf, dann fügte er hinzu: „Deine Hand solltest du besser behandeln lassen.“

Tatsächlich: Als Douglas auf seine rechte Handfläche blickte, spürte er erst die Schmerzen. Die Hand war verbrannt und voller roter Blasen. Aus purer Neugier berührte er eine davon und schluckte. Das hätte er besser lassen sollen. Vor Schmerz verzog er das Gesicht.

„Du Dummkopf!“ Nim machte ein Gesicht, das ihm bedeuten wollte: *Was hast du denn jetzt wieder angestellt?* Dann holte er aus seinem Kittel einen kleinen Stock hervor. „Also gut! Zeig mir mal deine Handfläche!“

Douglas hielt ihm brav die ausgestreckte Hand hin.

„Tja. Da reicht der Heilzauber. Mit ein bisschen Hilfe der Göttin geht’s dir gleich wieder besser.“ Dann schlug er mit seinem Stock einmal heftig zu – genau auf Douglas’ Handfläche.

Der Schmerz schoss von der Hand hoch in den Kopf. „Verdammt! Spinnst du? Was soll denn das?“, wollte Douglas meckern, um im nächsten Moment seine Meinung zu ändern. „Jetzt tut es schon gar nicht mehr weh.“

„Na klar. Was glaubst du, was ich bin?“

„Ein verrückter Weißmagier!“

Noch ein Schlag folgte, diesmal auf den Kopf.

„Willst du noch eine?“

„Frag so was nicht, *nachdem* du mich bereits geschlagen hast!“ Douglas fasste sich mit der Linken an den Kopf, während er die verbrannte rechte Hand öffnete und schloss. Keine Spur mehr von der Verbrennung. Er spürte auch keine Schmerzen mehr.

„Der Schmerz ist auch eine wichtige Erfahrung. Deshalb ist es eigentlich gar nicht so gut, jede Wunde sofort zu heilen. Also dann: In Zukunft kein ‚Roter Lotus‘ mehr mit einem Holzschwert. Alles klar?“

„Ja, ja“, nickte Douglas brav.

„Ich gehe dann mal nach Hause“, beschloss Guava und wandte den beiden den Rücken zu.

Heute sollte sein Vater, der lange unterwegs gewesen war, zurückkommen, fiel Douglas ein. Mit „Vater“ war sein „Ziehvater“ gemeint.

Da Galka durch Wiedergeburt entstanden, besaßen sie nämlich keinen Vater. Natürlich auch keine Mutter.

„Ihr müsst euch sowieso noch auf morgen vorbereiten, oder?“ Dann ging Guava. Zum Abschied winkte er ihnen über die Schulter zu.

Bei dieser Bemerkung verzog Douglas das Gesicht.

„Na, warum schaust du schon wieder so finster drein?“

„Sie hat ihn mir zugeschickt – den Mantel“, erklärte Douglas.

Nim verstand sofort, was er meinte. „Oha! Das Geschenk deiner Mutter! Für die morgige Zeremonie?"

Schweigend nickte Douglas. Denn morgen war es soweit: Er würde den Ritterschlag als Königsritter empfangen. Dann wäre er ganz offiziell ein Ritter. Nim sollte der Magier-Garde beitreten, die den Tempelrittern unterstellt war und nur aus Weißmagiern bestand.

An sich ging es für Douglas schon in Ordnung, ein Ritter zu werden. Denn damit erfüllte sich sein Kindheitstraum. *Aber …*

„Na, ich komme später mal vorbei und schaue mir deinen schicken Mantel an", unterbrach Nim seine Gedanken.

„Nein, bloß nicht!"

Während sie ihre Späße machten, spazierten sie zur Villa. Vor dem Eingang trennten sie sich.

Bis zu jenem Morgen hatte Douglas nie daran gezweifelt, dass der nächste Tag wie geplant verlaufen würde. Der Tag, an dem er zum Ritter geschlagen würde, wovon er von klein auf geträumt hatte.

+ + +

Douglas hatte gebadet und war gerade auf einem der langen Flure des Hauses unterwegs. Für das Frühstück war er jetzt leider zu spät dran, aber das musste er in Kauf nehmen, weil ein gewisser Jemand es gar nicht schätzte, wenn er nach dem Training total verschwitzt durchs Haus lief. Allerdings konnte auch Douglas nicht leugnen, dass das Frühstück nach einem erfrischenden Bad wesentlich besser schmeckte.

In der Großküche würde er sicher noch etwas zum Essen auftreiben. Er war in dieser Hinsicht nicht sonderlich wählerisch – Hauptsache, er wurde satt.

„Oh! Douglas!"

Dieser Ruf ließ ihn auf der Stelle erstarren. Als er sich umdrehte, sah er, dass sich eine Tür geöffnet hatte.

Ein Mädchen mit langem Haar stand vor ihm. Sie war ein wenig älter als Douglas. Ihr Haar, das fast bis zur Hüfte reichte, schimmerte in derselben pechschwarzen Farbe wie das ihrer Mutter und das von Douglas. Das Mädchen war seine große Schwester.

„Du kommst genau richtig!", sprach sie und lächelte ihm freundlich zu.

In Douglas' Kopf schrillten sofort die Alarmglocken. „Äh … ich wollte gerade frühstücken."

„Oh, schön! Kannst du dann bitte in mein Zimmer kommen?"

Wieder schenkte sie ihm ein liebliches Lächeln.

*Hat sie mir nicht zugehört? Ich will doch frühstücken!* Douglas hatte aber keine Lust, sich mit ihr zu streiten. Außerdem hätte er sowieso keine Chance gehabt. „Na gut!"

„Vielen Dank." Schon wieder ein zuckersüßes Lächeln. Sichtlich erfreut, ging sie vor ihm her in das Zimmer. Ihr Kopf befand sich ungefähr auf seiner Augenhöhe. Da wurde ihm zum ersten Mal bewusst, dass er sie irgendwann beim Wachsen überholt hatte. Sie waren beide keine Kinder mehr. Morgen würde er zum Ritter geschlagen werden.

Er folgte ihr unwillig in das Zimmer und wurde von jemandem begrüßt, der es sich dort bereits gemütlich gemacht hatte: „Hallöchen!"

Douglas zog die Augenbrauen hoch. „Was willst du denn hier, Nim?"

„Siehst du jetzt auch noch schlecht? Ich trinke ein Tässchen Tee."

„Ich meine: *Warum* trinkst du hier Tee?"

„Das ist nicht alles. Ich esse auch noch Gebäck."

„Das auch noch!", fuhr Douglas seinen Freund an, der in aller Seelenruhe an einem selbstgebackenem San d'Oria-Keks knabberte.

„Im Innenhof hat mich deine Schwester angesprochen: ‚Oh, lange nicht gesehen! Darf ich dich zu einer Tasse Tee einladen? Ich habe auch Süßigkeiten.' Wie kann ein Mann einer Einladung deiner verehrten Schwester mit ihrer entzückenden Stimme widerstehen, es sei denn, er ist ein Idiot oder interessiert sich nicht für Frauen?"

„Was weiß ich!", zischte Douglas ihn wütend an, während sich neben ihm seine Schwester im Kreis drehte und ganz entzückt tat: „Oh nein! Du Schmeichler!"

*Wie kannst du dich nur so über das Kompliment eines meiner Freunde freuen, der noch dazu jünger ist als du! Von wegen entzückende Stimme! Ist das ein Grund, hier gleich einen Freudentanz aufzuführen?*

So hätte Douglas sie am liebsten angemosert. Aber er ließ es lieber bleiben, weil er sich davor fürchtete, was danach geschehen würde.

„Du bist ja vielleicht ein Rüpel!", beschwerte sich Nim. „Wäre es dir vielleicht lieber, wenn dein bester Freund ein Idiot wäre oder kein Interesse an Frauen hätte?"

Wie konnte Nim nur so einen schauderhaften Quatsch faseln? Natürlich wollte Douglas beides nicht, aber darum ging es doch jetzt gar nicht!

„Halt! Nicht bewegen!" Während Douglas sich mit Nim stritt, war seine Schwester hinter ihn getreten. „Wenn du dich bewegst, stechen dich die Nadeln. Das würde sicher wehtun. Gut! Kannst du das hier bitte mal halten?"

Douglas griff nach dem Stoff, den sie ihm über die Schulter gelegt hatte. Da er sich nicht rühren sollte, versuchte er, seinen Körper möglichst steif zu machen. Nur seine Augen bewegte er kurz und ängstlich, um herauszufinden, was gerade mit ihm passierte.

Seine Schwester hatte ihm einen Mantel über die Schultern gelegt.

Das knallrote Futter sprang ihm in die Augen. *Meine*

*Güte! Das ist er also … Der ist ja noch protziger, als ich dachte!*

„Du bist ganz schön groß geworden!“, urteilte seine Schwester, während sie mit geschickten Fingern die Schultern und die Länge des Mantels absteckte. „Aber dann muss ich wenigstens nicht so viel kürzen. Unsere Mutter weiß wirklich alles – Respekt! Sie hat schon richtig eingeschätzt, dass du so unmäßig wachsen würdest!“

„Das Wortv ‚unmäßig‘ ist überflüssig!“, knurrte Douglas.

„Es ist *nicht* überflüssig, oder?“, wandte sie sich an Nim.

„Stimmt!“, erwiderte dieser knapp.

Douglas hasste Nim manchmal dafür, dass der sofort Antworten geben konnte, die man so oder so interpretieren konnte.

„Aber ich muss schon sagen: Das Ding steht dir, Doug!“ Sein kichernd vorgebrachtes Kompliment klang nicht besonders glaubwürdig.

Über die knallrote Farbe des Futters konnte Douglas ja noch hinwegsehen. Es war immerhin bloß das Futter. Doch auch der Oberstoff war knallrot, und darauf war zu seinem Entsetzen in großen goldenen Buchstaben sein Name und seine Staatsangehörigkeit gestickt.

Es sah aus, wie das Namensschild für ein verloren gegangenes Kind. Mitten auf dem Mantel, zwischen den

Schulterblättern, war außerdem das Wappen der Königsritter von San d'Oria aufgenäht. Da die Naht sehr fein war, erkannte man es nicht gleich, aber dieses Wappen war bestimmt von einer Fahne oder etwas Ähnlichem ausgeschnitten worden – denn ein Mantel mit solch peinlicher Verzierung konnte unmöglich in einem normalen Laden zu kaufen sein.

Douglas' Mutter war äußerst geschickt in Handarbeit. Zu geschickt, fand Douglas. „Den soll ich anziehen?", fragte er. Er fühlte sich hundeelend, weil er die Antwort schon wusste.

Wenn man zum Ritter geschlagen wurde, sollte man eine offizielle Uniform tragen. Das bedeutete: Einen Harnisch, einen Mantel darüber und ein Schwert an der Hüfte. So war es immer gewesen. Zumindest in San d'Oria. In Windurst, dem Land der Magie, ging es vielleicht wieder anders zu.

„Warum? Sag bloß, er gefällt dir nicht!"

„Na ja, das nicht ..."

Was, wenn er den Mantel, den seine Mutter ihm geschickt hatte, nicht tragen würde und sie davon erfuhr? Douglas konnte es sich ungefähr vorstellen. Daher wusste er, dass es gar nicht in Frage kam, den Mantel nicht anzuziehen. „Wenn er nur ... ein bisschen ..."

„Prunkvoller wäre? Ja, da sehe ich ein. Er ist vielleicht noch etwas schlicht."

„Nein, im Gegenteil!", rief er.

„Wirklich?“ Seine Schwester legte ihren Zeigefinger an die Unterlippe und schien ernsthaft nachzudenken.

Douglas fühlte tiefe Resignation in sich aufsteigen – keine Chance.

„Ich wollte noch eine hübsche Stickerei am Saum machen, aber vielleicht sollte ich lieber darauf verzichten?“

„Ja, bitte!“

*Wohin soll das führen, wenn ein Ritter nur auf hübsches Aussehen achtet!?*

„Schade! Ich bin sicher, das würde wirklich sehr gut aussehen. Ein Muster, so wie die Fußspuren eines Kätzchens – weißt du, so am Saum entlang ... viele Katzenpfötchen hintereinander.“

„Nein!“ Das kam nun wirklich überhaupt nicht in Frage! Außerdem: Wie wollte seine Schwester in einer Nacht nicht nur die Länge und Breite des Mantels ändern, sondern auch noch eine solche Stickereien anbringen? Es war offenbar nicht nur seine Mutter, die unnötig geschickt in Handarbeit war.

„Na gut! Meinetwegen! Dann geh jetzt zu deinem Vater und zeige dich!“

„Was ... jetzt?“

„Ja. Jetzt! Rahal ist auch gerade da. Lass ihn doch auch gleich deinen neuen Mantel begutachten!“

*Oh, nein!* Ausgerechnet Rahal! Douglas verzog seinen Mund.

„Soso. Was sucht denn dieser Typ von den Königsrittern hier?“, mischte Nim sich ein.

Er hatte wirklich Nerven, Rahal, den Anführer der Königsritter, als „Typ“ zu bezeichnen. Aber so war er nun einmal – er würde sogar den König einfach mit „Hallo!“ begrüßen.

„Wenn ich das wüsste! Vielleicht wollten sie noch über die Zeremonie morgen sprechen?“

Aber diese Möglichkeit blieb ausgeschlossen. Denn Douglas' Vater war nur ein gewöhnlicher Ritter. Weder war sein Rang sonderlich hoch noch bekleidete er einen wichtigen Posten.

San d'Oria war das Land, das dem Stamm Elvaan gehörte. Deshalb waren die meisten Ritter Elvaan – die anderen Völker von Altana waren unter ihnen kaum vertreten.

Nur ausnahmsweise, wenn man sich als Abenteurer besonders hervorgetan hatte, wurde man auch als Nicht-Elvaan zum Ritter geschlagen. So geschah es bei der Familie von Douglas: Sein Urgroßvater hatte es vom Abenteurer zum Ritter gebracht.

Doch wenn man keine Erfolge lieferte, konnte einem der Ritter-Titel auch wieder aberkannt werden. Es sollte tatsächlich eine Familie gegeben haben, der vor etwa zehn Jahren genau das widerfahren war, lediglich wegen eines einmaligen Misserfolges bei der Besetzung von Ghelsba. Und das, obwohl diese Familie sogar zum

Stamm Elvaan gehörte. Allerdings gab es auch einige Gerüchte, dass sie das Opfer einer Intrige am Königshof geworden war.

Wenn er auch als Ritter keine herausragende Stellung besaß – als Abenteurer hatte Douglas' Vater beträchtliche Erfahrung gesammelt. Auf sämtlichen Kontinenten war er mit seinen Kameraden gewesen und hatte Abenteuer bestanden. Aufgrund seines Wissens kamen manchmal Leute zu ihm, nicht nur der Anführer Rahal, um ihn um Rat zu bitten.

*Ist vielleicht irgendetwas Schlimmes passiert?*

„Nun also! Wenn du dich nicht beeilst, wird er bald wieder weg sein", drängte Douglas' Schwester.

„Aber sie sind doch gerade bei einer Besprechung, oder?", sträubte sich Douglas. „Da kann ich doch nicht einfach stören."

„Wenn es so ist, kannst du ja wieder zurückkommen."

Eine logische Antwort. Irgendwie konnte er ihr nicht begreiflich machen, dass er mit diesem Mantel einfach nicht durchs Haus laufen wollte. Douglas nickte resigniert.

Auch Nim verabschiedete sich: „Gut. Ich wollte sowieso gerade aufbrechen – ich komme mit." Er senkte seinen Kopf: „Verehrte Schwester, vielen Dank für den köstlichen Dufttee und das Gebäck."

„Übertreib doch nicht so! Sie ist gar nicht deine Schwester!"

„Dann also: Danke, Asteria.“

„Das ist wiederum ein bisschen wenig!“

„Du bist ganz schön pingelig. Wir sind doch alte Kumpel.“

„Kumpel?“

„Nicht nur das: Freunde von Kindheit an! Also los!“, sagte Nim gelassen und verließ vor ihm das Zimmer, so als ob er hier zu Hause wäre. In der Tat war er seit seiner Kindheit öfter bei Douglas als bei sich daheim gewesen. Daher kannte er sich hier gut aus.

In letzter Zeit war er allerdings relativ selten in das Haus gekommen.

„Bitte besuche mich bald wieder, Nim! Es hat mich sehr gefreut, dich zu sehen. Nächstes Mal backe ich dir deinen Lieblingskuchen.“

Auf den Abschiedsgruß von Douglas' Schwester, den sie ihm hinterher rief, erwiderte Nim: „Ja, gerne! Auf Wiedersehen!“ Dann marschierte er zielstrebig den Flur entlang.

Douglas folgte ihm hastig. *Oh Mann! Man weiß gar nicht, wer von uns eigentlich zu meinem Vater soll.* „Hey, Nim!“ Douglas konnte ihn erst an der Treppe einholen, die zum ersten Stock führte.

„Was ist denn, Doug?“

„Bist du eigentlich mit den Vorbereitungen für morgen schon fertig?“

Denn während Douglas der Ritterschlag bevorstand,

würde Nim morgen in die Magier-Garde aufgenommen werden. „Ich muss mich nicht besonders vorbereiten. Ich brauche auch keinen Mantel.“

Der letzte Satz erinnerte Douglas an das Ding auf seinem Rücken. Er fühlte sich auf einmal elend. Deswegen übersah er, was für einen Gesichtsausdruck Nim in diesem Moment machte.

„Also, hier sind wir …“, sagte Nim mit gedämpfter Stimme, als die beiden vor der Tür standen.

Von innen waren leise Stimmen zu vernehmen. Nur gelegentlich war ein Wort zu verstehen. Eines davon lautete: „Dunkel-Drache.“

In diesem Moment begriff Douglas es: „Nim, du bist nur zum Lauschen mitgekommen, stimmt's!?“

„Hä? Wovon redest du? Pass auf! Ihr Gespräch scheint zu Ende zu sein.“

„Du hast also doch gelauscht!“ Widerwillig klopfte Douglas an die Tür.

„Wer ist da?“, wurde von innen gerufen.

Er nannte seinen Namen.

Nachdem er die Erlaubnis erhalten hatte, einzutreten, öffnete er die Tür.

+ + +

In dem Zimmer saßen sich Douglas' Vater und Rahal, der Anführer der Königsritter, auf zwei Sesseln gegenüber.

Rahal war ein Mann mit silbernem Haar, das fast in einen schneeweißen Farbton überging. Er war stolz auf sein intelligentes und attraktives Aussehen.

Sein Gesicht wirkte jugendlich. Das lag daran, dass er zum Stamm Elvaan gehörte, der langsamer alterte als die Hume. In Wahrheit war er natürlich gar nicht so jung. Er agierte schließlich als Kommandant der Königsritter.

„Oh, du bist es, Douglas“, grüßte Rahal.

Douglas richtete sich gerade auf und salutierte auf die San d'Orianer Art.

„Hm! Das kannst du ja schon ganz ordentlich. Damit ist wohl auch in Zukunft die Ordnung in der Familie Grand gesichert.“

„Das sieht nur so aus.“ Dieser schonungslose Kommentar kam von seinem Vater. Er fügte hinzu: „Er ist nur so unmäßig gewachsen in letzter Zeit.“

*Warum sagen bloß alle das Gleiche?*

Obwohl er vor dem Kommandanten stand, zeigte Douglas eine etwas verdrossene Miene.

„Und? Willst du etwas von mir, Douglas?“, erkundigte sich sein Vater.

„Asteria … äh, meine verehrte Schwester sagte, ich solle Euch meinen Mantel präsentieren.“

Der Gesichtsausdruck seines Vaters bekundete deutlich, dass er den Mantel jetzt erst bemerkte. „Ach ja. *Sie* hat ihn geschickt. Du siehst natürlich gut darin aus.“

*Hä! Bis gerade eben ist er ihm nicht mal aufgefallen!*

„Ach wirklich? Er ist von Eurer Frau Miriam? Es scheint ihr also gut zu gehen!“, warf Rahal ein.

„Ja, zum Glück.“

„Wo ist sie denn gerade?“

„Tja. Soweit ich mich erinnere, wollte sie sich vor einem Monat auf der Insel Qufim das Polarlicht ansehen.“

In diesem Moment fiel Douglas ein, dass er gar nicht wusste, wo dieser Mantel abgeschickt worden war. Auch seine Schwester schien es nicht interessiert zu haben. In dieser Hinsicht konnte man nicht sicher sein, ob es nur Vorteile hatte, dass Kleinpakete überall in Vana'diel sofort transportiert wurden, wenn man die Moogles mit der Lieferung beauftragte.

Die Moogles sahen aus wie kleine weiße Bären und beherrschten angeblich einen speziellen Transportzauber. Andere behaupteten, dass sie mit ihren Flügeln im Nu über die Kontinente fliegen könnten. Aber Douglas zweifelte daran, da Moogles ausgesprochen ängstlich waren und es sicher nicht wagen würden, allein zu fliegen. Unwillkürlich tauchte in Douglas' Kopf ein ganzer Schwarm von Moogles auf, die den Himmel bedeckten.

„Was ist denn los mit dir? Du siehst erschöpft aus.“

„Nichts, Vater“, erwiderte Douglas und schüttelte den Kopf.

„Das heißt, du hast also immer noch nichts von Miriam gehört?“, wandte sich Rahal wieder an Douglas’ Vater.

„So ist es … Sie hat zwar eine Verbindungsperle, aber offenbar benutzt sie die äußerst selten.“

Douglas’ Vater kratzte sich am Hinterkopf. Dann machte er plötzlich ein ernsthaftes Gesicht. „Sobald ich etwas von ihr höre, werde ich sie danach fragen.“

„Hm. Das wäre gut.“

Dieser Wortwechsel ließ Douglas aufhorchen.

„Ist etwas mit meiner Mutter passiert?“

Da Douglas sich einfach eingemischt hatte, krauste sein Vater die Stirn.

„Nein! So ist es nicht, Douglas“, antwortete freundlicherweise Rahal: „Wir brauchen Informationen aus den unerschlossenen Randgebieten. Ich dachte, Miriam kann uns bestimmt etwas berichten.“

„Aus den Randgebieten …?“*Aber aus welchen?*

Meinte er die Insel Elshimo, die seit Kurzem wieder von Flugschiffen angeflogen wurde? Oder den Korroloka-Tunnel, der erst vor einigen Monaten geöffnet worden war? Oder sprach er gar von den Gegenden im hohen Norden, die von Monstern geradezu verseucht waren. *Bei meiner Mutter würde man sich über gar nichts wundern, egal, wo sie sich gerade aufhält.*

In diesem Moment erinnerte sich Douglas an den zweiten Namen des Kommandanten und an das Wort, das vorhin gefallen war. Er fragte Rahal: „Hat es vielleicht etwas mit den Drachen zu tun?“

Rahal wurde nämlich auch als „Drachen-Töter“ bezeichnet. Douglas erinnerte sich: So nannte man diejenigen, die der festen Überzeugung waren, dass sämtliche Drachen ausgerottet werden sollten. Dazu waren sie ausgebildet, und dafür trainierten sie Tag und Nacht. Deshalb galten diese Leute als Erzfeinde der Dragoons.

Übrigens – Douglas fiel es in diesem Moment ein: Der Mann, der „Gefallener Dragoon“ tituliert wurde, war vor etwa einem Monat im Kerker von Bostaunieux ums Leben gekommen. Dieser Mann sollte allerdings ein guter Freund des Kommandanten Rahal gewesen sein.

Seitdem ein Bündnis von Abenteurern diesen Vorfall untersucht und deshalb einige Male das Königsschloss und den Kerker aufgesucht hatte, wirkte Rahal irgendwie angeschlagen und nicht mehr so tatkräftig. Das hatte Douglas zumindest gehört.

„Allerdings!“, entgegnete er auf Douglas’ Frage. „Es hat etwas mit Drachen zu tun! Nicht mit den Wyrms.“

„Drachen … Wyrms … ich dachte, das ist dasselbe?“, wunderte sich Douglas.

„Nein, ganz und gar nicht! Unter Wyrms versteht man vor allem die Wyvern“, schüttelte Rahal den Kopf.

Douglas verstand immer noch nicht, was der Unterschied war.

Sein Vater hatte dem Kommandanten allerdings still

zugehört – offenbar schien er zu wissen, wovon dieser sprach.

„Natürlich weißt du nicht, was der Unterschied ist. Tja, so dürfte es den meisten gehen. Denn euch Ritter-Anwärtern habe ich bislang nur etwas über die Wyvern beigebracht."

Im Nachhinein bereute Douglas, dass er Rahal zu diesem Thema nicht genauer ausgefragt hatte – sonst wüsste er vielleicht bereits mehr.

„Selbstverständlich gibt es unter den Wyvern welche, die später zu bösen Wyrms werden. Douglas, das habe ich euch bereits erklärt, oder?", überlegte Rahal laut. Sein Blick wurde scharf.

„Ja! Ihr habt uns beigebracht, dass es bei den Wyvern zwei Sorten gibt: Die einen werden zu guten Wyrms, die anderen zu bösen."

„So ist es! Aus den Eiern, die aus guten inneren Energien entstanden, entwickeln sich gute Wyrms, und aus den Eiern, die aus bösen Energien stammen, bilden sich böse Wyrms. Außerdem gibt es auch noch die Wyrms ohne Zeichen." An dieser Stelle stockte der Elvaan-Drachentöter mit seinen Erklärungen. „Aber das ist jetzt nicht so wichtig. Auf jeden Fall muss man einen bösen Wyrm sofort töten, wenn man ihn sieht."

„Verstanden!", antwortete Douglas. Doch er wunderte sich. War es nicht die feste Überzeugung von Drachentötern, dass *sämtliche* Wyrms und Drachen vernichtet werden sollten? Immer wieder sah man in letzter Zeit Leute, die sich „Dragoon" nannten. Das bedeutete, dass es in Vana'diel auch wieder Wyrms gab.

Bei seinen Ausführungen über die Wyvern war Rahals Blick ziellos in die Ferne geschweift.

*Ist etwas passiert?*

„Die meisten Drachen können – im Gegensatz zu den Wyrms – nicht mehr fliegen, wenn sie erwachsen sind", fuhr er jetzt mit seinem Bericht fort. „Ihre Flügel halten mit ihrem sonstigen Wachstum nicht Schritt und verkümmern. Die uralte, magische Bestie zum Beispiel, die im äußersten Norden leben soll, ist ein Drache."

„Drache ...?"

„Auch der schwarze Drache, der tief in Giddeus aufgetaucht sein soll, der dunkle Drache in den Palborough-Minen und der Hexen-Drache in der Yughott-Grotte – das sind alles Drachen."

„Meint Ihr solche, die ein Zeichen für die Wiederkehr des Schattenlords gewesen sind? Aber die wurden doch bereits von Abenteurern erledigt, oder?"

„Ja! Das schon! Aber in den Randgebieten gibt es eine Häufung ungewöhnlicher Vorfälle. Wir vermuten, dass Drachen dabei eine Rolle spielen."

„Aha!"

„Seit dem Kampf gegen den Schattenlord sind zwar schon drei Monate vorüber, aber Vana'diel befindet sich immer noch im Chaos. Mir kommt es so vor, als wären wir in die Zeit des Kristall-Krieges vor zwanzig Jahren zurückgeschleudert worden. Dabei hatte ich mich gerade darüber gefreut, dass endlich Frieden herrscht." Herr Rahal kniff die Augen zusammen und legte die Stirn in Falten. Ein Gesichtsausdruck, als hätte er einen bitteren Geschmack auf der Zunge.

„Was meint Ihr denn genau mit diesen Vorfällen in den Randgebieten?" Diese Frage war Douglas spontan eingefallen. Er rechnete nicht ernsthaft damit, eine Antwort zu erhalten.

Doch in dem Moment, als er sie gestellt hatte, lastete plötzlich ein tiefes Schweigen im Zimmer.

„Hmm ..." Rahal atmete aus. Dann schüttelte er langsam den Kopf. Mit einer Miene, als ob er nicht wüsste, was er jetzt sagen sollte.

„Ich werde es ihm erzählen"

„Willy!", rief Rahal den Vornamen von Douglas' Vater. Allerdings nicht den vollständigen Vornamen William, sondern seinen Spitznamen. Das erlaubten sich nur alte Freunde.

„In Kazham ist etwas passiert."

Damit erwähnte sein Vater den Namen eines Dorfes, das sich auf einer Insel namens Elshimo befand.

Dieser Name war Douglas sehr vertraut. Denn dorthin war der Ziehvater von Guava, Banahba, aufgebrochen.

Banahba war ein Galka-Gelehrter, der als Mitglied

einer Expedition in die Randgebiete nach Kazham gekommen war – allerdings musste er inzwischen wieder zu Hause sein. Oder etwa nicht!? Auf Douglas' Herz lastete die dunkle Wolke der Sorge.

„Vor Kurzem ist eine Nachricht eingetroffen: Die gesamte Forschungstruppe ist vor Ort verschwunden."

„Wie bitte …?" Einen Moment lang begriff Douglas nicht, was er da eben gehört hatte. *Gerade eben ist Guava noch so glücklich nach Hause gegangen!* „Ich habe gehört, dass sie heute zurückkommen sollen!"

Von Jeuno, wo sich der Hafen für das Flugschiff befand, bis hierher dauerte es mit einem Chocobo mindestens drei Tage. Das hieß, sie mussten Elshimo bereits verlassen haben.

„Sie sind vor einer Woche verschwunden."

„Und warum hat man davon nichts erfahren!?", forschte Douglas mit gepresster Stimme nach. Sein Mund fühlte sich völlig ausgetrocknet an. Seine Zunge gehorchte ihm nicht mehr richtig.

„Weil die Forschungstruppe von Bastok beauftragt wurde", antwortete Rahal knapp.

Die Republik Bastok war ein südlicher Nachbarstaat San d'Orias. In diesem Land lebten Hume und Galka. Im Vergleich zu San d'Oria mit seiner langen Geschichte und Tradition war Bastok ein junger Staat, der eine rasante Entwicklung durchmachte.

„Die Nachricht ist gerade eben bei mir eingetroffen.

Wie ich hörte, hat auch der Vater deines Freundes an der Expedition teilgenommen. Ich kann verstehen, wie du jetzt empfindest“, meinte Rahal.

„Und!?“

„Was meinst du mit ‚und‘?“, fragte Rahal reserviert.

Douglas kochte vor Wut. Er vergaß völlig, wen er vor sich hatte, und schrie:

„Was wollt Ihr jetzt tun!? Die Sache untersuchen? Nein – zuerst eine Hilfstruppe losschicken?“

„Weder noch!“

Douglas verschlug es die Sprache. *Weder noch! Hat er gerade gesagt. Weder noch! Das darf nicht wahr sein!*

„Unser Premierminister Halver hat vor Kurzem offiziell erklärt, dass San d’Oria mit der ganzen Angelegenheit nichts zu tun hat. Deshalb werden wir auch nichts Weiteres unternehmen.“

Douglas wurde schwarz vor Augen. Im Geist tauchte das Gesicht seines Freundes auf. Kurz bevor er sich umgedreht hatte, um nach Hause zu gehen. Ein wenig verlegen hatte er ausgesehen, weil er sich so freute, dass sein Ziehvater zurückkam. Den Gesichtsausdruck eines Galka konnte man nur schwer deuten, doch Douglas verstand sich darauf.

Aber jetzt – jetzt saß Guava allein zu Hause und wartete auf seinen Vater, der nicht zurückkehren würde! Sollte er ewig dort hocken und warten? Ohne jegliche

Informationen? *Soll das heißen, dass er einfach Pech hatte, sich zufälligerweise einer Forschungstruppe aus Bastok anzuschließen?*

San d'Oria, das Land der Elvaan, sorgte immer wieder dafür, dass sich Leute anderer Stämme, die hier lebten, klein und wertlos vorkommen mussten. Auch Guava besaß keine anderen Freunde außer Douglas und Nim.

Wahrscheinlich gab es in ganz San d'Oria niemand außer den Dreien, die sich gerade um Guavas Vater Sorgen machten, dachte Douglas. Zugleich fühlte sich wohl auch niemand sonst verpflichtet, etwas zu unternehmen.

Nachdem er seinen Vater sowie Rahal verlassen hatte und in sein Zimmer zurückgekehrt war, starrte Douglas die weiße Wand an. Da fiel ihm ein, dass er Nim, der wahrscheinlich die ganze Zeit lauschend hinter der Tür gestanden hatte, danach nicht mehr gesehen hatte.

+ + +

Das Haus von Nim – oder Nimral Lebanel – befand sich am östlichen Rand von Süd-San d'Oria. In einem Bezirk, wo die alten, stattlichen Villen des Elvaan Adels standen, eine neben der anderen. Sein Haus lag nicht an der Hauptstraße, sondern in einer mit weißem Kopfsteinpflaster bedeckten, gepflegten Seitenstraße.

Blickte man von hier aus nach Norden, erblickte man

hinter der Mauer, die San d'Oria in Nord und Süd teilte, das Dach der Kathedrale.

Auf dem Weg nach Hause betrachtete Nim geistesabwesend die Umgebung.

Es war ein sonniger Mittag. Vom warmen Sonnenschein angelockt, tummelten sich viele Menschen auf der Straße. Nicht nur Elvaan.

Klar, die Villen gehörten zwar nur angesehenen Elvaan-Bürgern, doch die Straße gehört allen, überlegte Nim.

Ein Elvaan-Pärchen saß turtelnd am Brunnen. Daneben stand ein Barde vom Stamm der Hume, der für ein winziges Entgelt fleißig seine Harfe für die beiden schlug und Liebeslieder sang.

Eine Tarutaru-Frau bot Weissagungen an, und ein Galka führte akrobatische Kunststücke vor.

Ein Mithra-Mädchen, das offenbar aus dem Pikenmannweg kam, balancierte einen nagelneuen Leder-Panzer im Arm.

Ein Galka schritt an ihr vorbei. Vermutlich ein Zimmermann. Denn er schleppte mehrere Balken auf der Schulter, die sichtlich schwer waren.

Eine lärmende Gruppe überholte Nim. Ein Bündnis von Abenteurern. Offenbar hatten sie gerade ein Mog-Haus verlassen, eine Herberge für Abenteurer in Süd-San d'Oria, und brachen jetzt zu einer Reise auf. Manche trugen Panzer, die anderen Roben – das hieß, das Bündnis bestand aus Kriegern und Magiern. Die Abenteurer bildeten in der Regel solche Gruppen, um die Stärken der Einzelnen noch besser zur Geltung zu bringen und zugleich ihre Schwächen zu kompensieren. Man nannte diese Formation „ein Bündnis bilden".

Alleine war es für einen Krieger oder Magier beinahe unmöglich, Aufträge auszuführen. Die Abenteurer erfuhren den Sinn von Zusammenarbeit und gegenseitiger Hilfeleistung täglich am eigenen Leib und wussten sie zu schätzen. Denn bei ihnen ging es um Leben und Tod.

Nim erreichte eine zweistöckige Villa. Hier wohnte er. Er hasste dieses makellose weiße Haus. Denn es kam ihm so vor, als nehme dieses Gebäude für sich in Anspruch, ohne Fehl und Tadel zu sein – genau wie die Elvaan.

Die Familie Lebanel war eine typische Elvaan-Adelsfamilie. Seit Generationen gehörten ihre Mitglieder zu den Tempelrittern. Keiner der Lebanel hatte je daran gezweifelt, zu den Stützpfeilern dieses Landes zu zählen.

Nach einem kräftigen Fußtritt gegen die weiße Wand betrat Nim das Haus.

Im Wohnzimmer traf er seine älteren Brüder.

„Hallo, ihr beiden."

Nim verstand sich nicht besonders gut mit ihnen. Obwohl sie ihm keineswegs übel gesinnt waren.

„O je, o je. Du lässt dir ja mal wieder Zeit."

„Bist du schon fertig mit den Vorbereitungen für morgen?“

Die beiden waren Zwillinge. Marius und Nicol. Blond und blauäugig, groß, schlank und mit starken Muskeln. Beide hatten einen langen Hals und breite Schultern. Zwei Muskelpakete. Es bereitete ihnen keinerlei Mühe, ein Langschwert zu schwingen. Sie waren dazu geboren, Elvaan-Ritter zu werden.

Nim war ganz anders.

Seine Brüder waren innerhalb kürzester Zeit von einfachen Knappen zu Rittern aufgestiegen. „Die zwei Säulen der Lebanel“, so wurden sie ständig gepriesen. Nims Vater war sehr stolz auf sie.

„Ich brauche keine besondere Vorbereitung. Ich gehe so wie immer. So, wie in die Kirche“, erwiderte Nim. Für das Magier-Training suchte er nämlich eine kleine Kirche auf, die sich am Stadtrand befand. Er pilgerte nicht zur Kathedrale. Die mochte er nicht, denn er hegte das Gefühl, dass die Leute sich dort Illusionen hingaben und nur von Friede, Freude und Eierkuchen träumten.

„Stimmt! Du brauchst ja weder Rüstung noch Schwert.“

„Aber warum gehst du ausgerechnet zur Garde?“

„Keiner hätte je geglaubt, dass jemand von der Familie Lebanel in die Magier-Garde eintreten würde.“

„Aber das ist wieder mal typisch für Nim.“

Ihre Äußerungen blieben ohne Stacheln. Doch Nim empfand sie als schmerzhaft.

„Ich verstehe einfach nicht, warum du ausgerechnet Weißmagier werden wolltest."

„Die Schwertkunst ist doch viel interessanter."

„Natürlich findet ihr das. Aber die Kunst der Magie ist genauso interessant, wenn man sie sich erst einmal angeeignet hat", nickte Nim geduldig.

Darauf zogen beide Zwillingsbrüder genau die gleiche Grimasse. Unvorstellbar!

Nim blieb nichts anders übrig, als mit den Achseln zu zucken.

Während er an seinen Brüdern vorbeilief, die an einem Tisch in der Mitte des Wohnzimmers saßen, fragte er sie: „Wo ist Vater?"

„Im Arbeitszimmer", antworteten die beiden wie aus einem Munde.

Nim nickte ihnen kurz zu und ging auf den Flur hinaus.

Er brauchte die internen Informationen der Tempelritter. Er konnte sich schon vorstellen, dass San d'Oria weder eine offizielle Untersuchung veranlassen noch eine Hilfstruppe nach Kazham entsenden würde.

Nim hatte den Ausführungen des Kommandanten Rahal sehr aufmerksam gelauscht. Offenbar hatte Douglas es nicht mitbekommen, aber Nim spürte, dass Rahal etwas plante. Irgendeine Maßnahme würde er ergreifen.

Aus diesem Grund hatte er persönlich Douglas' Vater aufgesucht.

Anders als Nims Vater.

Der würde gar nichts tun. Er zeigte keinerlei Interesse an dem, was außerhalb von San d'Oria geschah. Nim wusste nicht, wie oft er sich von ihm spitze Bemerkungen über Guava und Douglas hatte anhören müssen. Kein Wunder! Denn die Tempelritter waren in erster Linie für den Erhalt der inneren Ordnung und Sicherheit zuständig.

Aber jetzt wollte Nim, egal, von wem und wie, Informationen über die verschwundene Forschungstruppe einholen.

+ + +

Durch den Fensterspalt fiel schräg das Licht des abnehmenden Mondes.

Douglas stand starr in seinem Zimmer. Er hatte nicht einmal Licht angemacht.

Nichts bewegte sich, nur die Zeit verging langsam.

Er wusste selber nicht, wie lange er schon so dastand.

Der Mondschein wanderte gemächlich an der Wand entlang. Nun beleuchtete er die Stelle, wo der Mantel hing, den er morgen tragen sollte, wenn er zum Ritter geschlagen würde.

Douglas nahm ihn von der Wand und ließ ihn durch die Finger gleiten. Im schwachen Mondlicht leuchtete das Wappen der Königsritter, das am Rücken aufgenäht war.

„Ritter …“

Ihre Aufgabe war es, die Menschen zu beschützen. Das Schwert eines Ritters diente der Verteidigung der anderen, genau wie das Schild, das auf dem Wappen abgebildet war.

So war es Douglas beigebracht worden. So war er aufgezogen worden.

In seinem Geist tauchte das Gesicht seines Vaters auf, als er sagte: „Wir werden gar nichts unternehmen.“

In der Tat schien es eine Angelegenheit zu sein, die den Staat San d'Oria nicht direkt betraf. Das sah Douglas ein. Er begriff auch, dass man nicht so ohne Weiteres Ritter dorthin abkommandieren konnte. Auch wenn die Gegend als äußerst abgelegen galt, gehörte sie doch zum Territorium eines fremden Landes.

Das alles konnte Douglas verstehen. Aber wozu gab es dann eigentlich Ritter?

Gerade jetzt befand sich schließlich jemand in Not!

„Verdammter Mist!“ Als Douglas den Mantel zusammenknüllen und auf den Boden werfen wollte, tauchte vor seinem inneren Auge das Gesicht seiner Schwester auf, die den Mantel geändert hatte – fein säuberlich und genau passend für seine Größe. Seine Schwester betraute kein Dienstmädchen mit einer solchen Aufgabe. Dann erinnerte sich Douglas vage an das Gesicht seiner Mutter, die ihm den Mantel geschickt hatte.

Er sah sie sehr selten. Aber jedes Jahr zu seinem Geburtstag hatte sie ihm Geschenke geschickt. Auch den Tag seines Ritterschlages hatte sie nicht vergessen – ob ihr Geschmack und seiner freilich übereinstimmten, das war eine ganz andere Frage.

Sie freute sich jedenfalls für ihn. Nicht weil ihr Sohn zum Ritter wurde. Sondern weil er das wurde, was *er sich selbst gewünscht hatte.* Falls Douglas angestrebt hätte, Barde zu werden, hätte sie sich genauso gefreut, wenn er dies geschafft hätte. Wahrscheinlich hätte sie dann einen prunkvollen Umhang aus Seide oder etwas Ähnliches ausgesucht.

„Verdammt!", Douglas fluchte laut vor sich hin. *Was soll ich jetzt tun?*

Seine Schultern zitterten. Dieses Beben übertrug sich auf die Arme, und auf einmal flogen auch seine Hände hin und her. Der Mantel, den er fest zusammendrückte, verknitterte.

Morgen würde er zum Ritter geschlagen werden. Danach gehörte er offiziell zu den Königsrittern. Dann wäre er nicht länger Herr seiner Entscheidungen, so wie jetzt.

Der Vater eines seiner zwei besten Freunde war in den Randgebieten verschollen. An einem fernen, sehr fernen Ort.

Eine ganze Woche war seitdem bereits vergangen.

Zu spät! Es war alles zu spät! Was konnte man jetzt noch ausrichten, wenn man dorthin aufbräche …?

Als hätte sein eigener Gedanke ihn geohrfeigt, zuckte Douglas zusammen.

Aufbrechen? Wohin? Nach Elshimo? Ins Randgebiet? *Unmöglich!*

Doch Stück für Stück nahm diese Idee Gestalt in seinem Kopf an.

*Nichts wäre anders als sonst. Es wäre wie immer, wenn ich mit Nim und Guava im Wald von Ronfaure Abenteuer bestehe. Nur, dass es etwas länger dauert.*

Eines nach dem anderen erschienen in seinem Geist Dinge, die er vielleicht mitnehmen könnte. Jedes Einzelne überprüfte er in Gedanken.

Nach einer Weile konnte er sich nicht länger beherrschen. Jetzt musste er seine Hände arbeiten lassen.

Als der abnehmende Mond seinen Zenit erreicht hatte und der durchs Fenster leuchtende Mond die Wand hinuntergeklettert war und den Boden des Zimmers erhellte, da landete Douglas auf leisen Sohlen im Innenhof unter dem Fenster.

Vorsichtig schloss er es von außen.

In dem Zimmer, aus dem der Schatten eines Menschen verschwunden war, erlosch auch der Schein des Mondes. Danach blieb nur noch Dunkelheit.

„Verehrter Vater...“

Zurückhaltend wurde an die Tür geklopft.

William öffnete.

Seine Tochter Asteria stand vor ihm.

William nickte leise.

„Ist er fort?“

„Ja“, stimmte Asteria zu und überreichte ihm einen auf Schafsleder geschriebenen Brief: „Auf seinem Schreibtisch lag der Mantel sorgfältig zusammengefaltet. Und darauf dieser Brief ...“

William stellte fest, dass das Schreiben an ihn gerichtet war. Er senkte den Kopf: „Ich habe es geahnt“, konstatierte er. „Was soll man machen ..., er ist nun mal der Sohn *dieser* Frau.“

Er hatte es schon vorher gewusst, dass es nicht das Richtige für Douglas war. Jetzt, wo sein Sohn den Ritterschlag versäumen würde, erschien es mehr als fraglich, ob er jemals noch Ritter in San d'Oria werden konnte. Vermutlich nicht.

„Er kommt eben nach *ihr*. Ich dachte mir schon, dass er es unerträglich finden würde, bei den Königsrittern zu dienen. Er ist zu eigensinnig dafür“, sagte William und atmete aus. Es klang wie ein tiefes Seufzen.

„Aber es war doch der Traum seiner Kindheit“, wandte Asteria ratlos ein.

Doch William schüttelte den Kopf: „Nein. Was er sich wirklich wünscht, ist etwas anderes.“

Die Augen seiner Tochter weiteten sich vor Überraschung.

„Hast du es nicht gemerkt? Na ja ... Sogar ihm selber war es nicht klar."

„Nun ja ... Irgendwie kann ich es sogar verstehen", murmelte Asteria.

„Nur er selber hat es nicht gewusst", erklärte William, dann fügte er leise hinzu: „Die Ritter-Familie Grand wird wohl mit mir aussterben. Das ist auch nicht schlecht."

„Nein! Macht Euch keine Sorge, Vater", Asteria lächelte ihn zuversichtlich an: „Dann werde *ich* Eure Nachfolgerin."

Dieses Mal war es an William, seine Augen vor Überraschung weit aufzureißen. Es verschlug ihm die Sprache.

Dann folgte ein lautes Gelächter des Hausherrn, das durch das ganze Haus dröhnte und dazu führte, dass sämtliche Dienstboten mitten in der Nacht aufstanden, um zu sehen, was los war.

+ + +

Als er sich noch einmal umdrehte, entdeckte er im Mondschein das Tor der Königsstadt.

Guava erinnerte sich: Bis jetzt hatte er nie zurückgeblickt, wenn er die Stadt durch dieses Tor verlassen hatte.

Unzählige Male war er mit Douglas und Nim in den Wald von Ronfaure gegangen, um Abenteuer zu erleben. Unzählige Male hatte er von Bürgern von San d'Oria Aufträge bekommen und sie erledigt.

Einmal war er auf der Suche nach einem wichtigen Schriftstück in den Wald marschiert. Dann hatte er einem Soldaten im Wachdienst Medikamente von seiner Familie vorbeibringen müssen. Ein anderes Mal hatte ihn ein Mann beauftragt, ein gestohlenes Erbstück seiner verstorbenen Eltern wieder zu finden. Er hatte daraufhin mit einem Räuber verhandeln müssen.

Aber niemals hatte er zurückgeschaut. Denn er wusste, dass es jemanden gab, der ihn zu Hause erwartete. Und er wusste, dass er heimkehren würde. Dieses Mal wusste er das nicht. Deshalb konnte er nicht anders, als sich noch einmal umzudrehen.

Die Hauptstadt des Königreichs San d'Oria, für deren Bau man ein großes Stück des Waldes gerodet hatte, hielt sich den Wald nun durch ihre graue Stadtmauer vom Leibe. Viele Ungeheuer lauerten darin. Ursprünglich hatte der Stamm Elvaan zwar im Wald gelebt, aber heute betrachtete er ihn als Gegner.

Die starre Steinmauer, welche die Hauptstadt umgab, war wie die Elvaan selbst, die alle Veränderungen ablehnten. Auch die anderen Stämme des Volkes von Altana erkannten sie nicht als gleichwertig an.

Trotzdem war dies die Stadt, in der Guava aufgewachsen war. Er wollte sie sich mit jeder Einzelheit ins Gedächtnis einbrennen.

„Hey, warte“, rief ihm da plötzlich jemand zu.

Überrascht drehte Guava sich um. Das war doch die Stimme … von Douglas. Als er verblüfft stehen blieb, hatte Douglas ihn schnell eingeholt.

„Lass uns gehen!“, sagte dieser nur, wobei er jedoch an Guava vorbeistarrte auf jemanden, der hinter ihm stand.

„Einverstanden!“, ertönte die Antwort.

Als Guava sich abermals umdrehte, stand plötzlich Nim vor ihm, den er vorher gar nicht bemerkt hatte.

„Gehen …?“, wunderte sich Guava. Aber er war nicht so dumm, auch noch zu fragen, wohin. Denn seine beiden Freunde waren für eine Reise gerüstet. Für eine weite Reise.

Guava war kurz davor, in Tränen auszubrechen. Verlegen versuchte er, seine Rührung zu verbergen – obwohl das bei seinen beiden Freunden wohl vergeblich war.

Die setzten ihr Gespräch einfach fort:

„Dummerweise ist der Pass für das Flugschiff verdammt teuer, oder?“, meinte Nim.

„Na klar. Deshalb – da lang!“

„Verstehe! Du meinst zur Yughott-Grotte. Na ja! Vielleicht finden wir dort ein paar alte Schätze. Mit einer ordentlichen Portion Unsichtbarkeitszauber und einer Prise Unhörbarkeitszauber wird es schon klappen.“

„Ich hoffe doch!“

Guava wartete nicht ab, bis der Wortwechsel seiner Freunde endete. Er marschierte an die Spitze und lief ihnen voran in den Wald.

Gleich hinter ihm würde Nim folgen und am Schluss Douglas. Denn so hatten sie es immer gemacht.

Das Licht des abnehmenden Mondes floss sanft durch die Äste der Bäume.

# KAPITEL · 2

In der dunklen Höhle geriet Douglas ins Stolpern. Mit der rechten Hand stützte er sich gegen die Felswand.

Doch statt ihm Halt zu geben, wackelte sie, und plötzlich lastete ein enormes Gewicht auf seiner Hand. Ein Felsvorsprung hatte sich gelockert, als er sich aufgestützt hatte. Jeden Moment konnte er zu Boden krachen

Um dies zu vermeiden, stemmte er hastig auch die linke Hand dagegen. Sein Herz krampfte sich zusammen.

Nim und Guava, die bemerkt hatten, dass etwas nicht stimmte, drehten sich um und wurden blass. Wie erstarrt standen sie da, zu keiner Bewegung fähig.

Der Felsbrocken, den Douglas nun halten musste, war so groß wie der Kopf eines erwachsenen Hume. Groß und schwer.

Er legte Kraft in seine Füße, Hüften und Arme und drückte gegen den Fels so fest er konnte. Seine Füße, die dem Gewicht standzuhalten versuchten, rutschten über den Boden – geräuschlos.

Nim sagte etwas, aber seine Stimme war nicht zu hören. Er hatte nämlich den Unhörbarkeitszauber für sie durchgeführt.

Der traf aber nicht auf diesen Felsbrocken zu, mit dem Douglas gerade zu kämpfen hatte. Das hieß: Falls er zu Boden stürzte, würde er Lärm verursachen. Und zwar richtig gewaltigen Krach. Die Schweißtropfen auf Douglas' Stirn rannen ihm langsam in die Augen.

„Grrrrr!", ertönte eine Stimme gleich neben ihm.

Er zuckte vor Schreck zusammen. Unwillkürlich hielt er den Atem an.

Links von ihm war das glatte, ausdruckslose Gesicht eines Beastmen aufgetaucht. Er ähnelte einer schuppenlosen Eidechse. Er gehörte zum Stamm der Orcs. In seiner Hand trug er eine Fackel. Diese Höhle – die Grotte von Yughott – befand sich auf dem Territorium der Beastmen.

Die Metallklinge eines derb gefertigten Beils, das an der Hüfte des Orc-Wächters hing, reflektierte das Licht der Fackel.

Douglas bemerkte einen roten Fleck darauf. Blut, das noch nicht abgewischt worden war.

Die Augen des Beastmen glitten wachsam zur Seite. Er blickte direkt zu Douglas hinüber. Nein, das stimmte nicht. Er sah sich lediglich um.

Douglas war schließlich nicht sichtbar!

Auch den Unsichtbarkeitszauber hatte Nim für sie beschworen, sodass ihre Gegner sie nicht sehen konnten.

Douglas' Gestalt dürfte vor der Felswand nicht zu erkennen sein. Solange dieser abgebrochene Felsbrocken nicht besonders wackelte, würde der Orc seine Anwesenheit nicht bemerken. *Hoffentlich! Oh, bitte, bitte verschwinde doch schnell!*

Die Augen des Wächters bewegten sich noch einmal zur Seite. Nachdem er davon überzeugt war, dass sich dort nichts Verdächtiges befand, wandte er sich ab und ging knapp neben Douglas vorbei in die Richtung, aus der Douglas und seine Freunde soeben gekommen waren.

Als dieser tief ausatmete, verließ seine Arme die Kraft.

Der Felsbrocken stürzte zu Boden.

Entsetzt fasste Douglas nach, aber er schaffte es nicht mehr, ihn aufzuhalten. Gerade eben konnte er seinen Fuß zurückziehen, damit der nicht zerquetscht wurde.

In der Höhle hallte der Aufprall wider.

Vor Schreck gefror Douglas das Blut in den Adern. Sein Hals war völlig ausgetrocknet. Sein Herz pochte viel zu laut in seinen Ohren.

Doch der Wächter kehrte nicht zurück.

Langsam japste Douglas nach Luft und versuchte, seinen Puls zu beruhigen.

Als er aufschaute, stand auch Guava und Nim die Erleichterung ins Gesicht geschrieben.

Die drei Kameraden verloren keine Zeit und eilten weiter in die Tiefe der Höhle.

+ + +

Die Grotte von Yughott war eine in den Berg geschlagene Höhle, die nur aus rauen, kantigen und grauen Felsen bestand. Der Gang entpuppte sich als so eng, dass man nur zu zweit nebeneinander gehen konnte. Außerdem machte er ständig Kurven und Biegungen, sodass man nie sehen konnte, was man vor sich hatte.

Als Lichtquelle dienten lediglich Fackeln, welche die Orcs an Wegbiegungen angebracht hatten. Jedes Mal, wenn sie um eine dieser Kurven liefen, hörten sie das leise knisternde Geräusch einer brennenden Fackel. Das Licht schimmerte äußerst schwach. Einige der Fackeln waren bereits fast erloschen.

Der schmale Gang wurde zwar manchmal ein bisschen breiter, ansonsten bot er aber keinerlei Abwechslung. Es war also einfach, ihm zu folgen. Sofern man keine Fehler beging, so wie vorhin, konnte eigentlich nicht viel passieren.

Zwar trafen sie ständig auf Orcs, die Wache hielten – sie liefen sogar so dicht an ihnen vorbei, dass sie sie fast berührten –, aber dank der beiden Zauber wurden sie nicht erwischt.

Guava, der die Spitze übernommen hatte, blieb plötzlich stehen, woraufhin Nim, der als Zweiter folgte, gegen seinen breiten Rücken prallte.

Offenbar hatte er sich dabei die Nase ziemlich heftig angestoßen, da er sie mit seiner Hand betastete und schmerzhaft das Gesicht verzog.

Guava stellte sich schnell an die Wand und machte seinen Freunden die Sicht frei.

Vor ihnen trennte sich der Weg.

Guava lauschte. Dann nahm er seinen Handrückenschutz ab, fuhr sich mit der Zunge über seinen dicken Zeigefinger und hielt ihn hoch. So prüfte er die Windrichtung. Danach wies er mit dem Daumen auf den Weg, der nach rechts abbog. Wahrscheinlich wollte er damit sagen: „Nehmen wir den!“

So zumindest verstand Douglas die Geste seines Freundes.

Er nickte Guava zu: *Einverstanden!*

Der Weg erwies sich als Sackgasse. Am Ende verbreiterte er sich und bildete einen Platz, der von den Orcs offenbar als Abstellplatz für allerlei Trödel benutzt wurde.

Douglas schaute sich um und stieß einen hohen Pfiff aus – schade, dass er ihn selber nicht hören konnte.

Denn unter dem ganzen Gerümpel befanden sich drei Schatztruhen!

Diese Truhen, die manchmal in Vana'diel auftauchten, stammten von Menschen aus längst vergangenen Zeiten: Schatzkisten voll mit alten Schätzen.

Allerdings waren sie mit einem speziellen Mechanismus verschlossen. Nicht einmal der geschickteste Räuber konnte sie angeblich öffnen, solange er nicht einen entsprechenden Schlüssel besaß, der extra für eine bestimmte Art von Truhen angefertigt worden war.

Zwei der Kisten waren bereits geöffnet.

Douglas warf einen Blick hinein.

Wie vermutet, waren sie leer. Doch die dritte Kiste war noch verschlossen.

Nim machte ein enttäuschtes Gesicht. Wahrscheinlich hatte er gehofft, wirklich wertvolle Truhen zu entdecken, in denen alter Schmuck und Geschmeide versteckt lag. Aber die fand man nur an antiken Stätten.

Guava, der sich über die Kiste beugte, versuchte alles Mögliche, um sie zu öffnen. Dann schüttelte er den Kopf.

Wie Douglas bereits geahnt hatte, konnte man das Schloss nicht knacken. Guava erhob sich wieder.

Douglas und seine Freunde ließen die Schatzkiste an ihrem Platz und marschierten den Weg zurück.

Da die Kiste sehr schwer war, machte es keinen Sinn, sie mitzuschleppen, solange sie sie nicht öffnen konnten. Außerdem, falls sie das Ding unterwegs fallen ließen, würde das wieder einen ziemlichen Lärm verursachen – und sie wollten den Fehler von vorhin nicht wiederholen. Bestimmt gab es einen Schlüssel. Irgendwo. Wenn sie ihn fanden, konnten sie immer noch hierher zurückkehren.

Vielleicht trug ihn einer der Orcs mit sich herum. Den Beastmen war weder die Bedeutung der Schlüssel noch der Wert der alten Schätze klar. Sie hatten keine Ahnung.

Aber diese uralten Schlüssel waren sehr fein gearbeitet. Es war also durchaus möglich, dass die Orcs sie als ungewöhnlichen Halsschmuck trugen. Möglichst viele auf einmal, damit es nach etwas aussah und hübsch klimperte.

Sie kamen wieder an die Wegscheide. Diesmal lauschten sie in den linken Weg hinein, den sie vorhin nicht genommen hatten.

Die drei erstarrten.

*Da kämpft jemand!* dachte Douglas erschrocken.

Kampfgeräusche und die Stimme einer Frau ertönten. Und zwar waren es nicht unbedingt nette Worte – „Verdammter Mist!" und Ähnliches … Aber immerhin war es die Sprache von Altana, die Douglas verstehen konnte.

„Junge, Junge!", murmelte Nim.

*Was!? Wieso kann ich ihn trotz des Unhörbarkeits-Zaubers hören!?*

Als Douglas dies bemerkte, hatte Nim bereits seinen Stock herausgezogen. Rasch rezitierte er die Zauberformel für „Schutzra".

Guavas Stimme erklang: „So ein Ärger! Das macht unseren ganzen Plan zunichte!"

Da hallte auch schon Douglas' Ruf laut durch die Höhle: „Los, dorthin!"

Guava streifte sogleich seine eisernen Nietenschlagringe über die Hände, und Douglas zog sein Schwert aus der Scheide. Die beiden waren sich also einig: Sie verzichteten auf ihren bisherigen magischen Schutz und machten sich kampfbereit.

Der weiße Schimmer des Schutzzaubers, den Nim rezitiert hatte, umfing alle drei.

*Gut!* Das Schwert in der Hand trat Douglas zusammen mit Guava neben Nim – man durfte einen Magier nicht alleine vorne stehen lassen.

Die drei stürzten in die Richtung, aus der die Stimme gekommen war.

Plötzlich verbreiterte sich der Gang.

Sie erreichten einen Platz mit einem Kuppeldach. Er sah etwa so aus wie eine umgedrehte Suppenschale. In der Mitte sprudelte klares Wasser aus einem Brunnen.

Offenbar wurde diese Halle von den Orcs zu religiösen Zeremonien benutzt: Um den Brunnen standen mehrere Türme aus aufgehäuften Steinen, die wahrscheinlich irgendeine religiöse Bedeutung hatten. Die Spitze der Türme bestand jeweils aus einem flachen Stein. Darauf brannte ein Feuer aus schmalen Holzscheiten.

*Vermutlich verehren sie hier ihren Gott – womöglich Promathia, den Erzfeind der Göttin Altana. Oder etwas Ähnliches. Auf jeden Fall etwas ziemlich Abscheuliches*, überlegte Douglas.

An diesem Ort kämpften zwei Mädchen gegen mehrere Orcs.

„Es sind ziemlich viele“, sagte Guava knapp.

Sieben Orcs umzingelten die Mädchen. Sie waren offenbar alle Mönche – sie benutzten also als Faustkämpfer lediglich ihre Hände, die, statt von gepanzerten Handschuhen, mit mehreren Lagen rauen Stoffs geschützt waren. Ihre Arme waren allerdings so dick wie Douglas' Oberschenkel. Es würde also ziemlich wehtun, von ihnen getroffen zu werden.

*Obwohl es das Wenigste wäre, wenn es dabei bliebe!*

Guava stürmte von hinten auf den Ring der Angreifer zu. Dann verpasste er dem Orc, der ihm am nächsten stand, einen Schlag. Mit seinen eisernen Nieten riss er ihm den Lederpanzer auf. Blut floss heraus.

Mit einem Wutschrei drehte der Orc sich um.

„Ha, ha! Immerhin bist du schlau genug, dich zu ärgern!", spottete Guava und setzte sein Bärengrinsen auf. Er tänzelte schnell von links nach rechts. Dann winkte er den Orc mit ausgestrecktem Arm zu sich heran, um ihn zu provozieren. „Na los! Komm schon! Greif mich ruhig an!"

Der Orc, dem das Blut vor Wut in den Kopf schoss, ließ sich sofort auf den Kampf ein. Er war wirklich nicht der Schlaueste.

Douglas folgte Guava, der als Erster losgesprungen war.

Nim rief ihm nach: „Hey! Warte doch!" Er wollte damit sagen: „Warte, bis ich den Zauber auf euch durchgeführt habe!" Doch jetzt war es am wichtigsten, die Aufmerksamkeit des Orcs auf sich zu lenken.

Die Aufgabe eines Kriegers war es nämlich in erster Linie, die Gegner zu provozieren und ihre Aufmerksamkeit zu fesseln, um seine Kameraden vor ihnen zu schützen. Denn die Orcs kannten weder Erbarmen noch Gnade. Gezielt und schonungslos griffen sie immer die Schwächsten an.

Douglas baute sich neben Guava auf und schwenkte sein Schwert, um die Attacke des Orcs auf sich umzuleiten.

Die Umzingelung der Feinde öffnete sich, und endlich bemerkte eines der beiden Mädchen Douglas und seine Freunde.

„Lynn! Wir haben noch mal Glück gehabt!“, rief eine zierliche Mithra dem Hume-Mädchen neben sich zu. Dem Aussehen nach war sie eine Jägerin. Sie hatte offenbar Schwierigkeiten, in dieser engen Umgebung zu kämpfen. Denn ihre Feinde umringten sie so nah, dass ihr kaum Raum blieb, den Bogen zu spannen und Pfeile abzuschießen. Doch schien sie das Mädchen, das sie Lynn genannt hatte, nicht allein zurücklassen zu wollen. Während sie kämpfte, blieb sie immer in ihrer Nähe und warf oft einen kurzen Blick auf sie.

Endlich gelang es Guava, den Orc zu erledigen. Er rannte zu dem Mithra-Mädchen und stellte sich Rücken an Rücken zu ihr hin. So konnten sie nicht mehr von hinten angegriffen werden. Sie hatten immer noch fünf Orcs gegen sich.

Über die Schulter hinweg fragte Guava mit lauter Stimme: „Meine Güte! Was habt ihr hier bloß angerichtet!?“

„Nichts!“

„Erzähl keinen Quatsch!“, rief Guava auf die prompte Antwort der Mithra hin.

„Wirklich! Wir haben nichts getan!“, behauptete sie, während sie einen Pfeil in den Bauch eines Orcs jagte, womit sich die Anzahl der Gegner auf vier verringerte. Nein, jetzt waren es nur noch drei. Denn eben hatte Douglas auch noch einen niedergeschlagen.

„Ehrlich! Wir haben nichts Böses getan!“

„Das ist nicht dein Ernst, oder!?“

„Doch! Was sie sagt, ist die Wahrheit“, mischte sich das Mädchen namens Lynn ein. Sie keuchte. Ihr Gesicht sah blass aus. Das mochte auch daran liegen, dass sie sich in einer Höhle befanden. Trotzdem: Es schien ihr nicht besonders gut zu gehen. Sie wirkte irgendwie krank. Auch die Spitze ihrer Lanze, die sie mit beiden Händen umklammerte, senkte sich immer wieder kraftlos zu Boden. „Wir haben nichts getan, um sie zu verärgern. Allerdings haben wir einen Fehler begangen. Dieses …“

In diesem Augenblick bemerkte Douglas, dass die Mädchen nicht nur zu zweit waren.

Lynns Waffe war eine beidhändige Lanze, mit der man an einem engen Ort sowieso schwer kämpfen konnte. Doch überdies hinderte sie noch etwas an der Bewegung – ein Wesen zu ihren Füßen. Es umklammerte eines ihrer Beine.

Douglas schaute sich die Kreatur genauer an und erstarrte für einen Moment. *Um Himmels Willen!*

Nur für einen Augenblick hatte er nicht aufgepasst. Diese Unachtsamkeit nutzte ein Orc sofort aus. Die ausgestreckte Faust flog knapp an seiner Wange vorbei.

Douglas' rechte Wange brannte vor Schmerzen. Im nächsten Moment floss langsam eine warme Flüssigkeit sein Gesicht hinunter und tropfte ihm vom Kinn. Er wischte sie sich mit der Faust ab. Auf dem Handrücken klebte dickflüssiges, rotes Blut. Er kochte vor Wut. *Du verdammtes Biest!* Mit aller Kraft rammte er dem Orc sein Langschwert in den Bauch.

Der krümmte sich stöhnend zusammen.

Douglas versetzte ihm noch einen kräftigen Fußtritt in den Bauch, der den Orc bis zu dem Brunnen schleuderte.

Mit dem Rücken prallte er gegen einen der Steintürme. Die Steine krachten herunter und begruben ihn unter sich. Heftig spritzten die Wassertropfen in alle Richtungen.

Jetzt blieben nur noch zwei!

Nein, einer! Guava hatte schon wieder einen niedergemacht!

„Doug, ich fürchte, es wird ungemütlich", ertönte da Nims Stimme direkt hinter ihm.

„Sie bekommen Verstärkung."

Douglas drehte sich um. Da sah er aus der Richtung, aus der sie gekommen waren, mehrere Orcs unter Kampfgeschrei heranstürmen. Dieses Mal waren sie bewaffnet.

Einer schwang ein Beil. Ein anderer hob einen Stock. Insgesamt waren es mehr als zehn. Darunter befand sich auch der Orc, der vorhin an ihnen vorbei gelaufen war.

Douglas biss die Zähne zusammen, dass es knirschte.

„Der Rückweg ist uns versperrt", äußerte Nim emotionslos.

Genervt brüllte Guava ihn an: „Was stehst du dann so dämlich herum! Tu doch was!"

„Gern! Aber was? Viel kann ich wirklich nicht machen. Na, gut. Hier kommt etwas, was euch ein bisschen kitzeln wird."

Schnell fuchtelte Nim mit seinem Stock und murmelte dabei einen Zauberspruch.

Auf einen Orc, der es von hinten auf Guava abgesehen hatte, begann „Paralyse" zu wirken. Er konnte seine Faust, mit der er eben zuschlagen wollte, nicht mehr bewegen und verzog sein Gesicht vor Schmerzen.

Diesen Moment nutzte die Jägerin aus – blitzschnell hintereinander schoss sie zwei Pfeile auf ihn ab.

An beiden Schultern durchbohrt sank der Orc zu Boden.

Damit waren erst einmal die fünf Orcs in ihrer unmittelbaren Nähe erledigt. Doch jetzt rückte der Gegner mit doppelter Anzahl näher. Sie waren also alles andere als in Sicherheit.

Douglas' Blick schweifte prüfend umher.

Es gab einige Seitengänge. Wenn es ihnen gelänge, in einen davon zu entwischen …

„Lynn! Ticky! Hierher! Schnell!“, ertönte plötzlich die Stimme eines weiteren Mädchens.

Rasch hob das Mithra-Mädchen seinen Kopf und starrte mit zusammengekniffenen Augen in einen der Seitengänge. Dieser Gang führte zwar noch tiefer in die Höhle, doch zögerte sie keine Sekunde: „Lynn! Da lang!“

„Ja!“ Das Mädchen mit der Lanze befestigte schnell ihre Waffe auf dem Rücken und hob das Tier hoch, das zu ihren Füßen saß. Dann wandte sie ihre haselnussbraunen Augen Douglas zu: „Wir kommen nicht gegen sie an. Deshalb fliehen wir – wollt ihr nicht mitkommen?“ Ihre Stimme klang klar und deutlich. Doch konnte man nicht übersehen, dass sie an ihrem Harnisch schwer zu tragen hatte.

In dieser Situation, wo es eigentlich am wichtigsten war, der Gefahr schleunigst zu entkommen, machte Douglas sich plötzlich Sorgen um sie. Ihre Wunden mussten bereits geheilt sein. Denn vorhin hatte Nim „Heilen“ auf sie angewendet.

Nim war es auch, der sofort auf ihren Vorschlag einging: „Aber gerne! So hübsche Damen zu begleiten, ist mir ein Vergnügen!"

„Darum geht es jetzt nicht!", knurrte Guava unwirsch.

„Keine Zeit für solche Diskussionen!", brüllte Douglas, während er seine Freunde zu dem Seitengang scheuchte: „Hinein mit euch!"

In einem solchen Fall übernahm gewöhnlich derjenige mit dem stärksten Panzer die Nachhut.

Das zierliche Mithra-Mädchen rannte als Erste in den Gang. Ihre Bewegungen waren flink und leicht. Außerdem schien sie auch in der Dunkelheit sehr gut sehen zu können: Ständig erteilte sie Lynn, die ihr folgte, Anweisungen: „Hier nach rechts! Aufpassen. Rutschig!"

„Verstanden", erwiderte Lynn.

Obwohl auch er es gehört hatte, stolperte Nim.

Guava fing ihn auf, sodass er nicht hinfiel. Er packte ihn am Arm und schleifte ihn einfach weiter.

„He! Das tut weh!"

„Schnauze!"

Es war keine sonderlich unauffällige Flucht.

*Egal. Hauptsache, wir gewinnen ein bisschen Abstand.* Während er den schmalen Seitengang entlanglief, grinste Douglas säuerlich. Sie bräuchten nur ein wenig Zeit, um den Unsichtbarkeits- und Unhörbarkeitszauber wieder durchzuführen.

„Wenn du nicht aufpasst, wirst du gleich hinfallen!“, warnte ihn plötzlich jemand, der zu seinen Füßen sitzen musste.

Douglas erschrak.

Es war eine für die Situation völlig unpassende, niedliche Mädchenstimme. Doch sie kam ihm bekannt vor. Ihm fiel ein, dass es die Stimme war, die sie in den Seitengang gerufen hatte. *Aber warum flieht sie nicht und bleibt hier stehen!?* Er verringerte seine Geschwindigkeit und hielt nach einigen Schritten ganz an. Er drehte sich um. Um etwas zu sehen, musste er seine Augen anstrengen.

An der linken Seite des schmalen Gangs bemerkte er einen schwachen, bläulichen Schimmer. Das hatte Douglas vorhin nicht sehen können, da dieses schimmernde Wesen sich hinter einem Felsvorsprung verbarg.

Doch die Stimme war nicht von dort gekommen.

Auch auf der rechten Seite des Gangs – wo er sie gehört hatte – hielt sich jemand auf. Jemand, der sehr klein war, versteckte sich dort in der Dunkelheit.

Plötzlich tauchten die Orcs auf, die ihnen sofort gefolgt waren. Sie waren ihnen bereits viel näher gerückt, als Douglas gedacht hatte. Er durfte also auf keinen Fall untätig hier herumstehen.

Die Orcs rannten hintereinander durch den schmalen Höhlengang.

Die zwei Schatten, die sich an den Wänden versteckt hatten, bewegten sich nicht.

*Warum flieht ihr denn nicht!?* Douglas wollte zu ihnen hinlaufen.

In der Dunkelheit ertönte ein zischendes Geräusch.

Knapp über dem Boden spannte sich plötzlich ein Seil.

Die beiden Wesen, die sich an den Wänden des Gangs versteckten, hielten es straff.

Douglas konnte es gerade noch erkennen.

Aber die Orcs, die sich schon sicher waren, ihn gleich zu erwischen, bemerkten es nicht.

Der Erste stürmte heran – und stolperte prompt über das Seil. Wahrscheinlich war er zu schwer. Oder die Kreaturen, die das Seil hielten, waren zu leicht – jedenfalls schleifte der Orc das Seil noch einige Schritte mit sich, bevor er stürzte.

Wenn erst einmal einer auf dem Boden lag, konnte man in einem so schmalen Höhlengang nicht mehr ausweichen: Der zweite Orc purzelte über den ersten, der dritte über den zweiten und so weiter.

Auf einmal türmte sich vor Douglas ein Berg aus Orcs.

„Sieh an! Sie fallen alle um!“, freute sich das Mädchen. Sie kam auf Douglas zu. „Siehst du? Du musst aufpassen, wo du hinläufst. Sonst fällst du!“, sagte sie und lachte ihn breit an.

Sie gehörte zum Stamm Tarutaru. Offenbar war sie eine Magierin, denn sie trug eine schwarze Robe und hatte ihre Kapuze tief ins Gesicht gezogen – kein Wunder, dass Douglas sie in der Dunkelheit nicht bemerkt hatte.

Zu ihr gesellte sich ein zweites Wesen, das etwa so groß war wie sie und ein blaues Leuchten ausstrahlte. Es stellte sich neben sie. Es sah aus wie ein Fuchs oder ein Eichhörnchen. Nur dass sein ganzer Körper blau leuchtete. Man konnte also davon ausgehen, dass es kein gewöhnliches Tier war.

„Gut gemacht, Carbunclechen! Super, dass du nicht losgelassen hast!"

Als das Tarutaru-Mädchen ihm leicht den Kopf tätschelte, warf sich das blau schimmernde Wesen sichtlich stolz in die Brust. Dann vollführte es einen Luftsprung, rollte seine drei Schwänze an den Körper und verschwand. So blitzschnell, als wäre es mit der Luft verschmolzen.

„Gut, jetzt nichts wie weg hier!"

„Äh, wie bitte?!"

„Na ja! Bevor sie wieder auf die Beine kommen, sollten wir abhauen!", meinte die Tarutaru und deutete auf den Berg aus Orcs. Die Mitglieder dieses Stammes waren ziemlich robust und würden sicher nicht ewig hier ruhen.

Langsam kippte der Berg zur Seite.

„Tja, die sind aber ganz schön sauer!"

*Klar, sind die sauer!* Douglas schluckte seine Worte hinunter.

„Los!"

„Ja, ja!"

Endlich reagierte er und spurtete ihr hinterher.

Auf dem schmalen, kurvenreichen Gang flitzten sie dahin so schnell sie konnten.

Aufgrund seiner längeren Beine hatte Douglas das Tarutaru-Mädchen schnell eingeholt. „Gibt's hier irgendwo einen Fluchtweg?"

„Was? Nö! Das ist eine Sackgasse", erwiderte sie leichthin.

Douglas blieben die Worte im Hals stecken. Doch was er danach zu hören bekam, klang noch unfassbarer: „Der Gang hier … scheint leicht … einzubrechen …"

Wohl weil sie rannte, keuchte sie heftig: „Deswegen … benutzen ihn … die Orcs … auch nicht mehr. Aber dort … wird er etwas … breiter."

Während dieser Unterhaltung holten sie ihre Kameraden ein.

Guava und Nim, die am schnellsten liefen, waren verblüfft stehen geblieben: Es handelte sich tatsächlich um eine Sackgasse.

Das Kampfgeschrei und die Schritte der Orcs kamen immer näher. Wegen der Erschütterung, die ihre trampelnden Füße verursachten, rieselten Steinchen von der

Decke. Tatsächlich schien der Gang hier besonders einsturzgefährdet zu sein.

„Also dann! Weg hier!“ Das Tarutaru-Mädchen trippelte in die Mitte des Raums und winkte die anderen zu sich.

Halb verzweifelt folgten sie ihrer Aufforderung.

Aber erst nachdem sie eine Zauberformel zu Ende rezitiert hatte, begriff Douglas, dass sie nur einen etwas geräumigeren Platz gebraucht hatte, damit der Zauber auf sie alle wirken konnte. Außerdem ein bisschen Zeit, um die Formel zu sprechen.

Mit Fackeln in den Händen stürmten die Orcs heran.

Ihre Gestalten erschienen Douglas auf einmal verzerrt. Ein Schwindelgefühl überkam ihn. Er fühlte sich, als stürzte er in tiefe Dunkelheit.

„Flucht!“

Als er seine Augen, die er unwillkürlich geschlossen hatte, wieder öffnete, war die Felsdecke über ihm plötzlich verschwunden. Stattdessen sah er knorrige Äste über sich. Darüber breitete sich der Himmel aus. An den Ästen hingen junge Frühlingsblätter, die noch nicht ganz ausgewachsen waren. Am Himmel funkelte das klare Licht der Sterne.

+ + +

„Wo … sind wir jetzt?“

„Draußen“, antwortete die Tarutaru schlicht auf Douglas’ Frage, der staunend in den Sternenhimmel aufblickte

Da die Antwort so einfach war, verstand Douglas sie nicht so recht. „Was heißt ‚draußen‘?“

„Na ja, draußen aus der Yughott-Grotte eben. Wir sind jetzt im Wald von Ronfaure.“

Erst später erfuhr Douglas, dass „Flucht“ ein Zauber war, mit dem man entlegene Orte verlassen konnte.

„Da drüben ist die Grotte. Auch der Ghelsba-Außenposten liegt in dieser Richtung. Hörst du sie? Die Orcs machen ganz schön Lärm!“, sagte sie und wies mit ihrem kurzen Finger in die Richtung, aus welcher der Wind lautes Geschrei herüber wehte.

Hinter den Bäumen erhob sich der Gipfel eines Berges.

„Wir sollten hier so schnell wie möglich weg“, mischte sich Guava in die Unterhaltung ein. „Sie sind noch in der Nähe.“

„Das ist unüberhörbar! Du musst es also nicht extra erwähnen“, erwiderte das Mithra-Mädchen. So weit sich Douglas erinnerte, hieß sie Ticky.

„Du bist ganz schön frech! Mini-Katze!“

„He! Blas dich bloß nicht so auf, du Riese!“

„Was!?“

„Passt dir irgendwas nicht!?“

Der Bär und das Kätzchen fingen an, sich zu zanken.

Douglas warf dem Hume-Mädchen einen hilflosen Blick zu. Sie machte ein verlegenes Gesicht. „Ticky, du solltest ein wenig höflicher sein. Der Herr hat immerhin geholfen, uns zu retten“, ermahnte sie ihre Freundin.

Zwar führten ihre Worte dazu, dass die Mithra den Mund hielt, dafür durchbohrten sie und der Galka sich aber gegenseitig mit ihren Blicken.

Das Hume-Mädchen, das Lynn genannt wurde, stieß einen leisen Seufzer aus. Weil sie ein paar Minuten hatte ausruhen können, schien sie sich offenbar etwas erholt zu haben. Aber sie sah immer noch blass aus – so zumindest kam es Douglas vor.

Gleichzeitig warf er einen Blick auf das Tier, das sie im Arm hielt. Es war am ganzen Körper blau und hatte zwei Flügel wie eine Fledermaus. Es glich einer Eidechse. Doch es war keine, denn es besaß ja Flügel. Allerdings – gab es nicht auch Eidechsen mit Flügeln? Wie nannte man die noch gleich?

*Das ist ein Wyrm!* „Aber wenn es ein Wyrm ist …“, murmelte Douglas vor sich hin.

„Stimmt etwas nicht?“

Nach Lynns Frage hob er erschrocken das Gesicht. „Äh, nein, nein.“

„Ich bedanke mich vielmals, dass ihr uns gerettet habt.“ Der kleine Wyrm saß immer noch auf ihrem Arm, während sie tief ihren Kopf senkte.

„Aber nicht doch! Wir erwarten keinen Dank. Ich meine …“

Bedächtig neigte Lynn ihr Gesicht zur Seite und schaute Douglas direkt in die Augen. Ebenso verdrehte der kleine Wyrm sein Köpfchen – im exakt gleichen Winkel.

„Hey, hey! Jetzt ist wirklich kein geeigneter Zeitpunkt, um tiefe Blicke auszutauschen!“, spottete Nim.

„Idiot! Was quatschst du denn da!“ Es war unklug von ihm, sich von Nims Witz dermaßen aus dem Gleichgewicht bringen zu lassen. Douglas schämte sich wirklich. Krampfhaft riss er sich zusammen: „Ähm … wie auch immer … Erst mal weg von hier! Es bringt ja nichts, hier herumzustehen.“

„Ja, da hast du recht!“, stimmte das Tarutaru-Mädchen bei.

„Wenn dort Ghelsba ist, müsste es in dieser Richtung einen Fluss geben.“ Guava begab sich an die Spitze der Gruppe und marschierte los.

Douglas forderte die anderen auf, ihm zu folgen.

Tief am Himmel stand ein abnehmender Mond.

Den Wald von Ronfaure kannten Douglas und seine Freunde so gut wie ihre Westentaschen.

Durch die Äste fiel der Mondschein – zwar schwach, aber für Ortskundige hell genug.

Sie ließen den Berg hinter sich und drangen in den Wald ein.

„Langsam wird es Zeit, etwas zu essen, oder?", fragte das Tarutaru-Mädchen. Genau in diesem Moment knurrte Guavas Magen laut.

Kichernd warf ihm Ticky, die neben ihm ging, einen Seitenblick zu. Er ignorierte sie und marschierte weiter.

Hinter den beiden kamen die zwei Magier und ganz am Ende Douglas und Lynn.

Manchmal warf ihr Douglas aus den Augenwinkeln einen Blick zu, um zu überprüfen, ob es ihr auch gut ging.

Ihre Bewegungen wirkten normal. Bis jetzt war nichts Auffälliges zu bemerken.

Er lauschte und hörte ganz in der Nähe den Fluss rauschen. Das Geschrei der Orcs war hingegen nicht mehr zu hören. Sie sollten sich also einigermaßen in Sicherheit befinden.

Sie erreichten eine Lichtung, auf der nur vereinzelt Bäume standen. Der Mond war etwas gestiegen. Daraus schloss Douglas, dass es schon bald Mitternacht sein musste.

„Ich jage einen Hasen", verkündete Guava.

„Ich komme lieber mit. Jagen kann ich besser!", sagte Ticky sofort.

„Ich kann auch mitkommen", erbot sich Lynn.

Doch Ticky hielt sie zurück: „Bitte bleib hier und ruh dich aus! Du siehst blass aus."

Lynn senkte den Blick.

Das Tarutaru-Mädchen und Nim beschlossen, Brennholz zu sammeln.

Douglas wusste zwar nicht, ob er die zwei Magier alleine und ungeschützt gehen lassen sollte, doch das Tarutaru-Mädchen beruhigte ihn sofort: „Es passiert schon nichts. Außerdem musst du die Schwerarbeit verrichten.“ Damit verschwanden sie bereits im Wald.

Douglas machte sich also – wie beauftragt – an die Schwerarbeit. Er musste einen provisorischen Herd errichten. Dafür brauchte er einige große Steine – so groß, dass er sie gerade mit beiden Armen schleppen konnte. Die legte er im Kreis auf eine ebene Stelle. Er prüfte, woher der Wind kam und ließ eine Seite offen. Denn ohne Wind würde es kein ordentliches Feuer geben. Da es seit einigen Tagen nicht geregnet hatte, sollte es keine Schwierigkeiten geben, das Holz in Brand zu setzen.

Aber sicherheitshalber holte er den Zunder aus dem Rucksack. Er war etwa halb so groß wie ein Backstein, hergestellt aus getrocknetem, zermahlenem Gras und allerlei geheimen Zusätzen. Dies alles wurde vermischt, geknetet und viereckig geformt. Wenn man sich ein Stück davon abbrach, konnte man problemlos ein Feuer entfachen.

Der Zunder war eine tolle Erfindung von Nim: Er hatte sie ausgetüftelt, als er einmal Langweile hatte.

Douglas wollte schon einmal eine Fackel anzünden

und benutzte dazu einen Feuerstein. Da die Flammenkristalle kostbar waren, erwies es sich auf jeden Fall als besser, beim Feuermachen ohne sie auszukommen. Douglas hatte erfahren, dass die Kristalle im Auktionshaus immer höhere Preise erzielten.

Wenn das Feuer erst einmal brannte, hatten sie von gewöhnlichen Raubtieren nichts mehr zu befürchten.

Als es soweit war, entspannte er sich endlich. Die Fackel steckte er neben dem Herd in den Boden. Eine dünne Rauchsäule stieg empor und tanzte im Wind, der leise durch die Äste strich.

„Bitte entschuldige, dass ich nicht helfen kann", ertönte eine leise Stimme hinter ihm. Es war Lynn.

Ohne sich umzudrehen, erwiderte Douglas: „Mach dir keine Gedanken! Ich bin in so etwas geübt."

Immer sobald er mit Guava und Nim gemeinsam unterwegs war, wurde ihm die Vorbereitung der Mahlzeiten übertragen. Wenn er dies seinen beiden Freunden überlassen hätte, wäre nichts Vernünftiges dabei herausgekommen: Guava war so faul, dass er das Fleisch am liebsten roh gegessen hätte, während Nim einen riesigen Aufwand trieb und zum Schluss etwas auftischte, das absolut ungenießbar war. So endete es jedes Mal.

Douglas holte einige kleine Töpfe aus seinem Rucksack – dermaßen klein, dass sie auf einer Handfläche Platz fanden.

Als er einen Ast über den Herd legte, um einen der

Töpfe daran zu hängen, fiel ihm erst ein, dass Wasser fehlte.

„Brauchst du Wasser?" Bevor er etwas sagen konnte, hatte sie ihn bereits gefragt.

Als er sich umwandte, bemerkte er, dass Lynn ihm zusah. Mit angezogenen Beinen saß sie auf dem Boden, und in dem Raum zwischen den Knien und ihrer Brust kuschelte sich der Wyrm. Sie setzte ihn zu Boden und erhob sich rasch. „Ich hole Wasser."

„Nein, lass nur! Das mache ich schon", lehnte Douglas ab.

„Doch, doch. Kein Problem! Ich gehe."

Der Wyrm fiepte leise. Offenbar war er um Lynn besorgt.

„Ich weiß, dass sich alle Sorgen um mich machen. Aber ich bin bloß ein bisschen erschöpft …", sagte sie und ergriff schnell zwei von den Töpfen mit einer Hand. Dann schlenderte sie in Richtung des Flusses davon, bevor Douglas sie zurückhalten konnte.

„Hey!"

„Ich bin gleich wieder da", rief sie, ohne sich noch einmal umzudrehen. Sie lief die sanfte Böschung hinab.

Flügelschlagend stob der Wyrm in die Luft. Nachdem er noch einen leisen Ruf ausgestoßen hatte, folgte er angestrengt flatternd seiner Herrin. Er flog sehr ungeschickt. Offenbar war er noch ein Baby.

Das Mädchen und der Wyrm entschwanden Douglas' Blick.

*Oh Mann!* Douglas setzte sich auf den Boden. Sie sah zwar nicht so aus, aber sie wirkte recht willensstark. Na ja, in diesem Fall wären wohl Worte wie „stur" oder „eigensinnig" besser am Platz. Sie erinnerte ihn an jemanden.

Douglas begann mit den Vorbereitungen für das Abendessen, während er gleichzeitig lauschte, ob mit Lynn alles in Ordnung war.

Abgesehen von den Beastmen, die hier lauerten, war es im Wald von Ronfaure sicher. Ansonsten gab es hier nur Hasen, Würmer oder Vampir-Fledermäuse – alle nicht sonderlich gefährlich. Obwohl, in der Nacht konnte auch schon mal ein Untoter erscheinen.

Wenigstens hatte sie vorsichtshalber ihre Lanze mitgenommen.

Plötzlich war von unten ein lautes Platschen zu hören.

Douglas sprang auf und raste den Abhang hinunter. Als er den Wyrm schreien hörte, beschleunigte er noch seine Schritte. Hinter einem Gebüsch sah er den schmalen Fluss und das Ufer. Im flachen Wasser lag jemand – Lynn!

„Hey! Ist dir was passiert?!", rief Douglas und rannte zu ihr.

Sie schien einfach umgekippt zu sein. Bäuchlings lag

sie da. Das sollte ihr erst mal einer nachmachen. Hatte sie die Strömung aus dem Gleichgewicht gebracht? Allerdings floss der Fluss hier nicht besonders schnell und kräftig.

„Alles … in … Ordnung", erwiderte sie und stützte sich auf die Ellbogen, während ihr vom ganzen Körper das Wasser tropfte. Auch aus ihren rotblonden Haaren.

„Was soll hier in Ordnung sein?" Douglas watete in den Fluss hinein und reichte ihr die Hand.

Der Wyrm, der leise über ihnen flatterte, warf ihm einen bedrohlichen Blick zu und stieß ein tiefes Grollen aus. Es schien ihm zu missfallen, dass Douglas seine Herrin berührte.

*Ich helfe ihr doch nur, wieder aufzustehen!*

„Wirklich, ich bin in Ordnung. Ich habe mich nicht verletzt." Lynn schien nichts gegen Douglas' Hilfe zu haben – sie ergriff seine Hand und zog sich hoch. Dann bedankte sie sich.

Als sie neben ihm stand, sah Douglas, dass ihre Knie leicht bluteten. Das tat sicher weh. Doch sie würde wahrscheinlich nicht besonders erfreut sein, wenn er sie darauf hinwies. „Du wirst dich erkälten."

Es war noch Vorfrühling. Außerdem war es inzwischen Nacht, und ein kühler Wind wehte durch den Wald.

„Kein Problem! Ich bin sehr widerstandsfähig erzogen worden – nur …" Zum ersten Mal zog sie ein ärgerliches Gesicht. „Ich habe einen Kratzer in einen der Töpfe gemacht. Tut mir leid.“

Sie hielt ihm einen der kleinen Töpfe hin, die sie mitgenommen hatte. Allerdings hatte der Topf, den er seit seiner Kindheit benutzte, schon so viele Kratzer, dass Douglas nicht wusste, welcher davon neu war.

Aber sie stand mit vollkommen ernsthafter Miene da.

Douglas überlegte kurz, ob es ein Scherz war. Doch so wie er sie bisher kennengelernt hatte, schien sie es vollkommen ernst zu meinen. „Aber nein. Das macht gar nichts!“, antwortete er. Vor allem musste er jetzt etwas gegen ihre nasse Kleidung unternehmen und dafür sorgen, dass sie trocken wurde. Auf jeden Fall sollten sie so schnell wie möglich zurückgehen.

Douglas überlegte, dass er zunächst einige schnell brennende Äste auf das Feuer legen würde, um sie zu wärmen.

„Erst mal mache ich Feuer für dich. Äh … hast du Wäsche zum Wechseln dabei?“

„Ja, habe ich.“

Hätte sie seine Frage verneint, wäre Douglas arg in die Bredouille geraten. Denn momentan hatte er keine Kleidung dabei, die er ihr hätte borgen können. Höchstens das verschwitzte Hemd, das er unter dem Harnisch trug, hätte er ausziehen und ihr anbieten können. Zu Hause besaß er natürlich genug Sachen, aber davon waren sie mindestens einen vierstündigen Fußmarsch entfernt.

„Dann solltest du dich umziehen – schau mich nicht so böse an!“

Die zweite Hälfte des Satzes galt dem Wyrm. Douglas lag es fern, Lynn irgendetwas anzutun – das wollte er auf gar keinen Fall.

„Es wäre schlecht, wenn sich dein Zustand noch verschlimmern würde.“

„Aber …“, erwiderte Lynn, indem sie den Wyrm, der besorgt zu ihr aufblickte, in die Arme schloss. „Ich bin nicht krank. Bitte sei ganz unbesorgt!“

Von den nassen Haaren, die ihr in die Stirn fielen, tropfte immer noch Wasser.

Bestimmt wollte sie den Wyrm und Douglas beruhigen – ein anmutiges Lächeln erschien auf ihrem Gesicht. Dann sagte sie: „Ich wurde nur von einem kleinen Fluch getroffen. Daher fühle ich mich etwas unwohl.“

*Moment mal!* Douglas wollte ihr fast ins Wort fallen: Einfach nur krank zu sein, wäre dagegen ein Segen!

+ + +

Als die beiden die Anhöhe wieder erreicht hatten, kamen gerade Nim und das Tarutaru-Mädchen zurück. Sie trugen Brennholz im Arm.

Sie waren überrascht, dass Lynn patschnass war, doch sie wiederholte dasselbe, was sie Douglas gesagt hatte, um die beiden nicht aufzuregen.

Nim, der von ihren Äußerungen etwas verwirrt schien, plapperte auf einmal los: „Tja, da kannst du ja von Glück sagen, dass du wenigstens ein Kettenhemd anhattest. Stell dir vor, du hättest nur im Unterhemd gebadet. Dann wäre jetzt alles durchsichtig, und du hättest riesige Probleme …“

„Du Quatschkopf!“ Die Tarutaru-Schwarzmagierin sprang hoch und ließ ihren Kurzstock auf Nims Stirn krachen.

Nim kauerte sich zu Boden.

Auf seinen nun gesenkten Kopf versetzte ihm auch Douglas einen ordentlichen Hieb.

„Was soll denn das!?“, schimpfte Douglas. „Denk doch nach, bevor du redest!“

„He, Doug! Also wirklich! Ich hege gewisse Zweifel, ob das eine angemessene Behandlung für deinen besten Freund ist.“

„Halt bloß die Klappe, Mann!“

Nachdem Nim von Kurzstock und Faust ordentlich Prügel bezogen hatte, hingen ein paar Tränen in seinen Augenwinkeln.

„Äh … Verzeihung?“ Da stand Lynn, sie hielt ihren Rucksack in den Armen und wirkte etwas verlegen. „Darf ich jetzt meine Kleidung wechseln?“

„Was? Aber ja, natürlich! Bitte!“

„Dann gehe ich also“, sagte sie und verschwand hinter den Bäumen. Offenbar hatte sie nicht wahrgenommen, was Nim gesagt hatte.

*Wahrscheinlich ist sie kein Mädchen, die so etwas einfach ignoriert.* Oder sie hatte es zwar gehört, aber gar nicht verstanden, was Nim damit gemeint hatte.

„Sie ist ein anständiges Mädchen! Ihre Eltern haben sie sehr gut erzogen!“

„Ja, sicher!“

Douglas lauschte den Kommentaren des Tarutaru-Mädchens und Nims, bezweifelte aber, ob das allein für ihr äußerst höfliches Verhalten verantwortlich war. In der Tat schien sie in einer Familie mit strengen Prinzipien aufgewachsen zu sein. Lynn hatte vorhin etwas Ungewöhnliches geäußert: Dass sie „sehr widerstandsfähig“ erzogen worden sei. Sagte man so etwas normalerweise, wenn man von seiner Erziehung sprach?

Da er nicht damit rechnen konnte, durch Nachdenken eine Antwort auf diese Frage zu finden, legte Douglas stattdessen Brennholz in den Herd und machte Feuer. Er wollte, dass es ordentlich brannte, wenn Lynn umgezogen zurückkehrte. Dann hängte er die mit Wasser gefüllten Töpfe über das Feuer. Bevor das Wasser kochte, erschienen Guava und Ticky. Jeder schleppte zwei Waldhasen unter dem Arm. Offenbar war ihr Wettstreit diesmal unentschieden ausgegangen.

Im selben Moment kam auch Lynn zurück und setzte sich ans Feuer.

Ticky bemerkte natürlich, dass ihre Freundin sich umgezogen hatte. Sie kniff kurz die Augen zusammen und machte ein fragendes Gesicht. Als Lynn sich aber nicht dazu äußerte, verzichtete sie darauf, nachzufragen.

Ticky hatte bestimmt gemerkt, dass Lynns Haar noch nicht ganz trocken war. Sicher wollte sie äußerst gern erfahren, was passiert war. Aber statt sich einfach zu erkundigen, warf sie Douglas einen finsteren Blick zu – was der wiederum als höchst ungerecht empfand.

„Es riecht gut", bemerkte Lynn.

Douglas bereitete Brühe aus Hasenfleisch mit Kräutern und Gewürzen zu. Fügte man noch in Scheiben geschnittene wilde Zwiebeln hinzu, war der Hasen-Eintopf fertig.

Aus dem Topf stieg ihnen ein würziger Duft in die Nase. Manchmal wirbelte ein sanfter Wind den weißen Dampf und die Rauchsäule, die vom Feuer aufstieg, durcheinander.

Für eine Weile betrachteten alle, die im Kreis um das Feuer saßen, dieses Schauspiel. Und manchmal, wenn die Windrichtung plötzlich wechselte, bekam jemand den Rauch direkt ins Gesicht, sodass er fast erstickte und heftig husten musste. Dann kicherten die anderen.

Ruhig und gemächlich verging die Zeit, bis der Eintopf fertig war.

Dazu aßen sie trockenes Brot und ein paar Nüsse – das war alles. Kein allzu üppiges Mahl, aber zum Glück war das Hasenfleisch reichlich, sodass auch Douglas und die anderen Jungen, die sich gerade mitten im Wachstum befanden, ordentlich satt wurden. Nachdem sich alle mehr als einmal Nachschlag geholt hatten, endete die nächtliche Mahlzeit. Mit dem übrig gebliebenen heißen Wasser wurde Dufttee zubereitet.

Wenig später, nachdem sich alle von den Strapazen des vergangenen Tages etwas erholt fühlten, eröffnete das Tarutaru-Mädchen das Gespräch: „Wir sollten uns alle erst mal vorstellen. Peta. In Ordnung?"

Die anderen schwiegen. Dann fragte Nim: „Ich kenne leider keine Vorstellungsart, die man ‚Peta' nennt. Macht man das so in Windurst?"

„Ich habe mich gerade vorgestellt! Peta, das ist mein Name! Wieso kapierst du nicht mal so einfache Sachen!?"

*Wer soll das verstehen!?* Dieser Gedanke stand deutlich auf allen Gesichtern geschrieben.

„Aber ein weiblicher Tarutaru-Name muss doch am Ende eine Verdoppelung haben, dachte ich", warf Nim ein.

„Wie bitte?", wunderte sich Douglas. Was sein Freund alles wusste!

„Na ja. Zum Beispiel: ‚Petata'. Ich war sicher, du hättest auch so einen Namen", erklärte Nim.

Peta sah beeindruckt aus. „Du kennst dich aber gut aus, Junge!“, lobte sie ihn nun. „Respekt! Mein richtiger Name ist Perutata. Perutata-Porutata-Prompta. So heiße ich eigentlich.“ Sie sprach diesen zungenbrecherischen Namen völlig selbstverständlich aus.

„Pettara-Pottara-Puttara?“, äffte Nim sie nach.

„Pass bloß auf! Sonst setzt es was!“, zischte Peta, indem sie mit ihrem Kurzstock über Nims Kopf herumfuchtelte.

Da sagte er lieber nichts mehr, doch Ticky bemerkte: „Aha! So heißt du also!“

„Wusstest du das etwa nicht? Sie ist doch schließlich deine Kameradin“, hakte Guava sofort nach.

„Na ja. Wir haben sie erst am Eingang der Grotte von Yughott kennengelernt.“

Das überraschte nicht nur Guava, sondern auch Douglas und Nim. Die Freunde waren davon ausgegangen, die drei Mädchen würden ein Bündnis bilden und Abenteurer-Kameraden sein – so wie sie.

„Sie hat uns vor der Grotte angesprochen. Sie hat gesagt, dass sie heilen könne. Da haben wir beschlossen, gemeinsam zu gehen.“

„Heilen? Bist du keine Schwarzmagierin?“, wunderte sich Douglas. Denn ein Schwarzmagier konnte normalerweise keinen Heilzauber ausführen. Obwohl es einige Magier gab, die sowohl in der schwarzen als auch in der weißen Kunst tätig waren.

„Doch, bin ich. Aber in letzter Zeit jobbe ich noch nebenbei als Beschwörerin“, erläuterte Peta. „Ihr habt doch mein Carbunclechen gesehen.“

Douglas nahm an, dass sie von dem azurblauen Avatar sprach und fragte nach diesem Wesen.

Peta erzählte, dass es sich dabei sogar um einen sogenannten göttlichen Avatar handelte, der „Carbuncle“ genannt wurde.

Diese blauen Wesen vermochten also nicht nur, ein Seil zu halten, sondern auch noch zu heilen.

Diejenigen, die fähig waren, solche Avatare herbeizurufen, titulierte man als „Beschwörer“. Sie beherrschten einen geheimen Zauber, der lange Zeit in Vergessenheit geraten war und erst in der jetzigen „neuen Ära des Abenteuers“ wieder entdeckt worden war.

„Ich bin Ticky. Und das ist Lynn. Ich bin Jägerin, und sie ist …“

„Kriegerin!“

„Bist du keine Dragoon?“, unterbrach sie Peta. „Dieser Kleine hier gehört doch zum Wyrm-Stamm der Wyvern, oder? Da er dir sehr gut gehorcht, dachte ich, dass du eine Dragoon bist. Stimmt das etwa nicht?“

„Ich wäre gern eine“, antwortete Lynn, während sie den Wyvern fest in die Arme schloss, der offenbar gar nicht merkte, dass er selber gerade das Gesprächsthema abgab.

Still blickte er zu Lynn auf.

Es war schon lange Zeit her, seit der Mann verschwunden war, den man „den letzten Dragoon“ genannt hatte. Neuerdings hörte man allerdings immer wieder Gerüchte über die Rückkehr der Wyrms. Zugleich sollte es auch immer mehr Abenteurer geben, die sich als „Dragoon“ bezeichneten. Davon hatte Douglas zwar gehört, aber bis jetzt hatte er weder einen Wyrm noch einen Dragoon selbst gesehen.

Das galt auch für Nim und Guava.

„Und, wie heißt das Tierchen?“, forschte Nim.

„Äh … ähm … ich habe ihm noch keinen Namen gegeben. Er ist ja noch ein Baby.“

„Ach so.“

Auf Nims recht gleichgültige Reaktion stieß der Wyvern ein Fauchen aus: Anscheinend war er verärgert.

„Ich nenne ihn einfach ‚Kleiner‘“, sagte Ticky.

Dieses Mal wurde Ticky angefaucht.

„Das gefällt ihm wohl nicht so gut“, mutmaßte sie achselzuckend

„Soll ich ihm vielleicht einen Namen geben? Hm. Wie wär's mit ‚Al‘?“

Petas Vorschlag schien dem Wyvern heftig zu missfallen – er fauchte doppelt so laut.

„Tja. Was passt dir daran nicht!? Das ist doch ein schöner, glückverheißender Name!“

„Vielleicht klingt er in seinen Ohren ein bisschen schmucklos?“, vermutete Nim.

„Das glaube ich nicht, aber …“, erwiderte Lynn, indem sie den Wyvern besänftigend streichelte, „ich werde es mir noch eine Weile überlegen.“

Damit war das Thema „Name für den Wyvern“ fürs Erste abgehandelt.

„Tja, was ich noch erwähnen wollte. Wart ihr nicht vielleicht ein bisschen unvorsichtig?“, sprach Nim die Mädchen plötzlich an.

Douglas stutzte: „Wie? Unvorsichtig?“

„Na ja“, erklärte Nim. „Soweit ich bisher erfahren habe, wolltet ihr zunächst nur zu zweit in die Grotte eindringen. Eine Kriegerin und eine Jägerin. Ihr hattet also nicht mal Zeit, einen einzigen Magier als Begleitung zu suchen. Gibt es dafür vielleicht einen Grund?“

Lynn und Ticky schwiegen.

Nim, der diese Reaktion bemerkte, setzte fort: „Ah! Vielleicht denkt ihr jetzt, dass ihr mir gegenüber aufpassen solltet! Aber nein! Wirklich nicht!“

„Das wäre kein Wunder, wenn sie das denken – du bist immer viel zu unverschämt“, mischte sich Guava ein.

Niedergeschlagen ließ Nim seinen Kopf hängen. „Du bist aber ganz schön gemein zu mir“, äußerte er matt.

„Ich bin Guava. Ein Mönch!“, stellte Guava sich knapp vor.

Fast, als wollte er den Satz fortsetzen, schloss Nim sich an, der im Nu wieder Kraft geschöpft hatte: „Und ich heiße Nimral Lebanel.“

„Wie? Nimmal Leberknödel?“, fiel ihm Peta als Rache für vorhin ins Wort.

Nim zog das unglücklichste Gesicht der Welt: „Bitte, bitte verhunze doch meinen Namen nicht so! Wie hört sich denn das an! Ach ja. Ich bin übrigens Weißmagier. Ein Freund der Göttin von Altana.“

„Meinst du, jeder Weißmagier ist automatisch ein Freund der Göttin von Altana!?“, fiel Guava ihm ins Wort.

Nim erwiderte völlig unbeeindruckt: „Allerdings! So ist es.“ Dann deutete er auf Douglas: „Und das ist Douglas. Ein Ritter aus San d'Oria. Deshalb könnt ihr zumindest ihm euer ganzes Vertrauen schenken.“

„Ich bin noch kein Ritter.“ Seine Antwort klang unbeabsichtigt harsch. Douglas nahm sich zusammen – denn dass er nicht „Ritter“ genannt werden wollte, hatte einen persönlichen Grund und nichts mit den beiden Mädchen zu tun. Er fuhr fort: „Ich bin Douglas Grand. Mein Vater ist tatsächlich ein Ritter, aber ich bin bis jetzt bloß ein Krieger.“

„Du trainierst aber hart. Sogar die Heilungstechnik hast du dir angeeignet.“ Sagte Nim. Douglas reagierte ärgerlich. *Was hat denn die Fähigkeit zum Heilen mit dem Rittertum zu tun?*

Die Abenteurer, die „Ritter“ gerufen wurden, sollten sich diese Fähigkeit zwar aneignen. Allerdings waren es zwei völlig verschiedene Dinge, berufsmäßiger Ritter zu sein oder ein Abenteurer, der auch noch „Ritter“ genannt wurde.

„So, so. Dann habe ich es also mit einem Dragoon-Lehrling und einem Ritter-Lehrling zu tun. Ausgezeichnet!“, frohlockte Peta.

Jetzt war Douglas ein bisschen beleidigt. Lehrling war nun wirklich keine besonders schmeichelhafte Bezeichnung.

„Nun, um zum Thema zurückzukommen, ich wüsste doch zu gerne, warum ihr eigentlich in die Grotte eingedrungen seid?“, forschte Douglas nach.

Ticky und Lynn wechselten einen Blick. Sie schienen immer noch unentschlossen zu sein, ob sie darüber sprechen sollten.

Daher beschloss Douglas, zunächst zu erzählen, was er und seine Freunde dort zu suchen gehabt hatten. „Wir haben es auf die alten Schätze abgesehen. Wir brauchen nämlich Geld, weil wir einen Pass für das Flugschiff kaufen müssen, um nach Kazham zu gelangen.“

Die beiden Mädchen schauten sich an – mit einem ganz anderen Gesichtsausdruck als vorhin: Sie wirkten sichtlich überrascht.

„Äh ...“ Lynn wollte etwas erzählen, doch Ticky kam ihr zuvor:

„Also gut. Wir geben es zu: Wir wollen auch nach Kazham. Wir brauchen ebenfalls Geld für das Flugschiff. Deswegen sind wir in die Grotte.“

„Das ist aber nur der halbe Grund“, sagte Nim mit Bestimmtheit.

Verblüfft schaute Douglas ihn an – der halbe Grund?

Nim hörte sich nicht so an, als würde er scherzen. Er konnte auch einen leicht stechenden Blick nicht verbergen.

Diesen Blick setzte er immer auf, wenn er bei einer Sache unbedingt die Wahrheit ergründen wollte. So als wolle er das Mädchen mit seinen Fragen aus der Reserve locken, fuhr er fort: „Warum wollt ihr denn ausgerechnet nach Kazham?“

„Weil … ich meine … es ist meine Heimat. Verstehst du? Es handelt sich sozusagen um einen Heimatbesuch“, antwortete Ticky.

Kazham war ein Dorf, das sich auf einer Insel im Randgebiet Elshimo befand. Einige Mithra stammten von dort. Das wusste auch Douglas.

„Wenn du Kazham einmal verlassen hast, hast du auch deinen Stammesführer verlassen. Eine Mithra, die von dort weggegangen ist, kann nicht so ohne Weiteres zurückkommen. Was du da erzählst, stimmt also nicht“, schloss Nim aus seinen eigenen Überlegungen, indem er seine Handflächen zusammenlegte, die Fingerspitzen leicht gegen die Stirn presste und die Augen schloss. Eine Haltung, die er einzunehmen pflegte, wenn er gründlich über etwas nachdachte.

Douglas hingegen verstand nicht einmal die Hälfte

seiner Ausführungen. Was hieß überhaupt „den Stammesführer wechseln“? Die Unmenge von Kenntnissen, die Nim besaß, beeindruckte ihn immer wieder. Außerdem, wenn Nims Gedanken so richtig auf Touren kamen, konnte Douglas ihnen kaum mehr folgen. So war es schon immer gewesen.

„Ich kann mir nicht vorstellen, dass ihr einfach nur Abenteuer im Randgebiet bestehen wolltet. Dafür seid ihr nicht ausreichend vorbereitet und viel zu leichtsinnig. Es muss einen zwingenden Grund geben. Zum Beispiel – genau – ihre körperliche Verfassung. Und dieser Wyvern spielt dabei sicherlich auch eine Rolle!“ Nim öffnete seine Augen wieder und warf einen kurzen Blick auf Lynn und ihren kleinen Wyrm.

„Hey … wovon redest du überhaupt?“, gab Ticky sich unbeeindruckt.

Doch Lynn gestand: „Du hast recht.“ Sie wählte ihre Worte sehr sorgfältig: „Wir – nein … ich werde verfolgt. Wir dachten, wenn wir es bis nach Kazham schaffen, können wir dem Verfolger entkommen. Weil wir ansonsten keinen so abgelegenen Ort kennen.“

Dann verkündete sie zögernd: „Mein Leben ist … offenbar… in Gefahr.“

\+ + +

Über der Lichtung lächelte der abnehmende Mond.

Douglas blickte zu ihm auf und fragte sich, was nun alles auf ihn zukommen mochte. *Irgendwie läuft alles anders als geplant.*

Der Atem der Schlafenden war zu hören. Das Feuer hatten sie brennen lassen, damit sie nicht froren. Um die knisternden Flammen herum lagen seine Kameraden unter Wolldecken und schliefen. Nim und Guava. Und Lynn, Ticky und Peta – ihre neuen Kameradinnen.

Ihr regelmäßiger Atem zeigte, dass sie sich in tiefem Schlaf befanden. Immerhin hatten sie gerade einen Kampf hinter sich – kein Wunder, dass alle ziemlich erschöpft waren. Sie hatten beschlossen, das weitere Vorgehen später zu besprechen und sich erst einmal aufs Ohr zu legen.

Douglas hatte angeboten, die erste Wache zu übernehmen. Bis zum Morgen blieben noch etwa fünf Stunden. Wenn die Hälfte davon um war, würde ihn Guava ablösen. Zwei Stunden Schlaf reichten ihm, um für die Weiterreise erholt zu sein.

Aus der Tiefe des Waldes vernahm er eine dunkle Stimme – eine Eule. Auch das leise Zirpen von Grillen, das den Winter über verstummt war, rauschte durch die Nacht. Aus Richtung des Flusses ertönte ein Platschen. Wahrscheinlich war ein Fisch aus den Fluten gehüpft.

Im Fluss von Ronfaure lauerten allerdings auch einige Wesen, die „Riesenlandfische" hießen.

*Ein Fluch* ... Er blickte auf das Mädchen, das schlafend neben ihm lag. Ihr rotblondes Haar wirkte, von den Flammen beleuchtet, noch röter als sonst.

Etwa vor einem Monat war es geschehen.

Aus dem Gebirge von Gustaberg waren Lynn und Ticky zusammen in die Stadt Bastok gekommen. Dort war der erste Anschlag auf sie verübt worden.

Es war ein Mann, der aussah wie ein Elvaan-Ritter. Mitten in der Stadt hatte er Lynn plötzlich überfallen.

Sie war ihm entkommen, doch hatte sein Fluch sie getroffen. Ein Fluch, der sie nach und nach ihrer Kräfte beraubte.

Ihren Panzer hatte sie gegen einen leichteren getauscht. Sie verzichtete auf Schild und Schwert und nahm nur eine Lanze mit. Sie war zwar gut trainiert, aber nicht so stark wie ein Mann. Deshalb hatte sie sich für eine lange Lanze entschieden, um einem Nahkampf möglichst zu entgehen.

Auch danach war sie immer wieder überfallen worden. Schließlich hatte sie sich entschieden, nach Kazham zu fliehen. Doch der Pass für das Flugschiff war sehr teuer.

Deshalb hatten sie und Ticky versucht, die alten Schätze zu stehlen.

Das Geräusch knackenden Holzes riss Douglas aus seinen Gedanken.

Dass er innerhalb kürzester Zeit so viel hatte erfahren können, lag auch an Nim und Peta, die Lynns Geschichte immer wieder geschickt zusammengefasst hatten.

Da sie alle zunächst dasselbe Ziel hatten, nämlich Kazham, hatten sie beschlossen, gemeinsam weiter zu reisen. Der eigentliche Grund dafür waren allerdings die Schlüssel für die Schatztruhen. Um die teuren Pässe für das Flugschiff kaufen zu können, brauchten sie unbedingt etwas wirklich Wertvolles.

In der Grotte von Yughott konnten sie es fürs Erste vergessen. Nach ihrem fehlgeschlagenen Versuch war die Bewachung sicher verstärkt worden.

„Eigentlich wollten wir ja gar nicht die Schätze der Orcs klauen. Sie hätten uns auch in Ruhe lassen können. Schließlich waren es unsere Vorfahren, die die Schätze irgendwann dort versteckt haben, oder?“, maulte Ticky.

Aber das konnte man von den Orcs wirklich nicht verlangen: Jemanden, der in ihr Territorium eindrang, einfach ungeschoren davonkommen zu lassen. Selbst wenn ihnen der Wert der alten Schätze nicht bewusst war.

„Schade! Wir waren nah dran! Wenn bloß unser Kleiner die Klappe gehalten hätte“, ärgerte sich Ticky.

Sie konnten schon von Glück reden, es überhaupt bis in die Höhle geschafft zu haben, ohne bemerkt zu werden. Doch dieses Glück hatte offenbar nicht lange angehalten. Nachdem sie den Brunnen gefunden hatten, verliefen sie sich.

Als Peta sie verließ, um nach dem richtigen Weg zu suchen, hatte der Wyvern plötzlich Angst bekommen und geschrien.

Deswegen war es überhaupt erst zum Kampf gegen die Orcs gekommen. Zum Glück waren ihnen gerade rechtzeitig Douglas und seine Freunde zu Hilfe gekommen. Das war die ganze Geschichte.

Nachdem die beiden Mädchen bis hierher erzählt hatten, unterbrach Nim sie: „Von einem völligen Misserfolg kann man aber trotzdem nicht sprechen.“ Dann holte er aus seinem Kittel einen Schlüsselbund hervor. Drei Schlüssel hingen daran. Die Schlüssel für die Schatztruhen! Nim lächelte zufrieden: „Ich habe sie einem Orc abgenommen, den Douglas erledigt hat.“

Ticky fuhr ihn an: „Nur mit den Schlüsseln kann man doch nichts anfangen!“

Doch Peta meinte beschwichtigend: „Das stimmt nicht. Das könnte uns sogar reichen. Weißt du, die Schlüssel der alten Schatztruhen gelten als sehr wertvoll.“

Sie holte aus ihrem Kittel ein dünnes eisernes Plättchen hervor – so klein, dass es in ihre Handfläche passte. Sie zeigte es den anderen: „Das ist der Pass für das Flugschiff in die unerschlossenen Randgebiete. Da Jeuno das Land der Abenteurer ist, werden die Schlüssel dort sehr hoch geschätzt. Für drei Stück habe ich diesen Pass hier bekommen.“ Dann zog sie aus ihrem Rucksack einen weiteren Schlüsselbund, der so ähnlich aussah wie der von Nim. Den hätte sie in Giddeus gefunden, in der Nähe ihrer Heimat, berichtete sie.

„So etwas haben wir auch“, meinte Ticky und kramte einen Schlüsselbund hervor, den sie in den Palborough-Minen mitgenommen hatte.

So lagen schließlich jede Menge Schlüssel vor ihnen.

„Eins … zwei … hm, insgesamt sechzehn Stück. Das könnte für alle Pässe reichen, schätze ich“, mutmaßte Peta.

Doch mehr als die Hälfte der Schlüssel gehörten Peta allein. Als sie einfach so anbot, ihnen die Schlüssel zu schenken, zögerten alle und wollten erst nicht darauf eingehen.

Denn hier handelte es sich um äußerst wertvolle Dinge, die sogar im Auktionshaus sehr selten versteigert wurden.

Dann sprach Peta: „Ich schenke sie euch. Aber dafür müsst ihr mich mitnehmen!“

So war es schließlich dazu gekommen, dass sie beschlossen hatten, alle zusammen weiter zu reisen.

„Hey, Herr Ritter!“

Douglas wandte seinen Kopf.

Lynn hatte ihre Augen geöffnet. Leise, damit der kleine Wyrm nicht aufwachte, richtete sie ihren Oberkörper auf und senkte den Kopf. „Ich danke dir“, sagte sie mit gedämpfter Stimme, wohl um die anderen nicht aufzuwecken.

„Ich habe nichts getan, was Dank verdient." Douglas schüttelte ruhig seinen Kopf.

„Ich gehe davon aus, dass ihr in Eile seid. Bestimmt reicht eure Zeit nicht für einen Umweg zu einer alten Begräbnisstätte, nicht wahr?"

„Wenn es sonst keine Möglichkeit gibt, dich von dem Fluch zu befreien, kann man nichts machen. Außerdem liegt Batallia auf dem Weg nach Jeuno."

Peta hatte nämlich vorhin erwähnt, dass es in der Eldieme-Nekropolis in den Batallia-Hügeln Altäre mit heiligen Gegenständen geben würde, mit denen man einen Fluch lösen könnte.

„Außerdem", fuhr Douglas fort, „hör bitte auf, mich ‚Herr Ritter' zu nennen!"

Lynn machte ein verdutztes Gesicht.

Douglas mochte dieses Wort nicht. Vor allem, wenn er selbst damit gemeint war, empfand er es als beinahe unerträglich. „Ich bin mir nämlich gar nicht sicher, dass ein Ritter besonderen Respekt verdient."

„Aber dein Vater ist doch Ritter, habe ich recht?"

„Trotzdem!"

Mehr gab es dazu nicht zu sagen.

Lynn meinte lediglich: „Na gut! So ist es eben." Dann schwieg sie.

„Es ist besser, wenn du versuchst, noch ein bisschen zu schlafen."

„Ja. Aber trotz allem ...", murmelte Lynn, während

sie sich wieder hinlegte: „Danke schön.“ Ihre leise Stimme verschwand in der Dunkelheit, als würde sie damit verschmelzen.

Douglas erwiderte lediglich: „Gute Nacht.“

Seit einiger Zeit hatte sich Nebel über den Wald gelegt. Es sah aus, als wäre Milch darüber gegossen. Der Nebel umhüllte Douglas und seine Kameraden.

Der Mond und die Sterne waren verschwunden, und Douglas hatte das Gefühl, nicht mehr zu wissen, wo er sich gerade befand.

# KAPITEL · 3

Der Morgen nach ihrer Flucht aus der Grotte zeigte sich von seiner besten Seite. Der dichte Nebel, der eben noch alles bedeckt hatte, verschwand langsam im Sonnenlicht. Die Farben kehrten in den Wald zurück: das Grün der Blätter, das Braun der Stämme und das Blau des Himmels, das man durch die Äste flimmern sah. Der Wind trug feuchte, sanfte Luft mit dem Duft junger Pflanzen heran.

„Der Morgentau ist schön", freute sich Lynn und schnippte gegen ein Blatt. Der Tautropfen darauf zerriss in winzige Tröpfchen, die durch die Luft spritzten.

Der Wyvern, der neugierig zugeschaut hatte, was seine Herrin da machte, kreischte auf und flatterte heftig mit den Flügeln. Er schien sich vor den Wassertropfen zu fürchten.

Als Lynn das bemerkte, lächelte sie ihn an.

„Bist du – in Ordnung?", Douglas konnte nicht anders, als sie zu fragen. Immerhin war sie erst gestern plötzlich im Fluss zusammengebrochen. Auf den ersten Blick sah sie zwar ganz gesund aus, aber das hieß nicht, dass sie von dem Fluch geheilt war.

„Ja, alles okay. Wie ich gestern schon erzählt habe, ist es keine Krankheit."

„Das habe ich verstanden, aber ..."

Sie hatte erklärt, dass der Fluch sie ihrer Körperkraft berauben würde. Stück für Stück.

Langsam, aber unaufhaltsam würden ihr der Panzer und die Lanze zu schwer werden, und am Ende würde sie nicht einmal mehr ihren eigenen Körper schleppen können. So hatte Peta es ihnen erklärt.

Peta und Nim, die beiden Magier, saßen in einiger Entfernung am Feuer und zeigten sich ihre Besitztümer, die sie in den Rucksäcken verwahrten. Das taten sie nicht nur zum Spaß.

Die Kenntnisse der beiden waren äußerst vielfältig – sie reichten von Zaubertechniken, über Geheimtechniken bis zum exakten Mischverhältnis von Kristallen. Dementsprechend hatten sie viele Sachen dabei, wie zum Beispiel Medikamente für besonders schnelle Heilung oder zur Wiederherstellung der magischen Kräfte. Für Douglas sahen sie allerdings aus wie gewöhnliche Gemüsesäfte. All diese Sachen führten sie sich gegenseitig vor.

Magier pflegten, diese Dinge auch untereinander auszutauschen, falls dem anderen etwas fehlte. Das hatte Douglas zumindest gehört. Allerdings, wie und was Magier wirklich dachten, blieb ihm ziemlich schleierhaft.

Ticky und Guava waren aufgebrochen, um die Straße zu suchen, die hier irgendwo in der Nähe sein musste.

Plötzlich vernahm Douglas die ärgerlichen Stimmen der beiden.

„Wir müssen nach Süden. Dann stoßen wir bald auf die Straße", behauptete Guava, der auf Douglas zusteuerte.

Doch Ticky blies trotzig ihre Wangen auf.

„Was hast du denn?", forschte Douglas nach.

„Sie will zurück nach San d'Oria", antwortete Guava an ihrer Stelle.

„Zur Königsstadt?" Dass er ein verstimmtes Gesicht zur Schau trug, war Douglas bewusst. Nach San d'Oria war es von hier aus nur ein Katzensprung. Daher wäre es im Grunde kein Problem, dorthin zurückzugehen. Er hätte es jedoch lieber vermieden. Schließlich war er dort verschwunden, ohne mehr als einen Brief zu hinterlassen. Wenn man ihn erwischte, gäbe es Probleme. Das war ihm zwar klar und darauf war er auch gefasst, aber falls er zurückgehalten wurde, konnte er die Reise vielleicht nicht fortsetzen. Das befürchtete er.

„Wenn wir in San d'Oria Chocobos auftreiben, kämen wir viel schneller voran", schlug Ticky vor und warf einen kurzen, besorgten Blick auf Lynn.

Das meinte sie also – Douglas verstand sie.

In der Tat war man mit den gelben Riesenvögeln schnell wie der Wind. Wenn man es eilig hatte, erwiesen sie sich wirklich als unschlagbar. Hätten er und seine Kameraden der Yughott-Grotte keinen Besuch abstatten wollen, wären sie ebenfalls mit Chocobos geritten.

„Na ja, ‚Eile mit Weile' heißt es doch immer", überlegte Douglas mit verschränkten Armen.

„Müssen wir wirklich in die Stadt?“, wollte Lynn wissen. Überraschenderweise wirkte auch sie keineswegs begeistert.

„Willst du nicht?“

„Wenn es nicht anders geht, dann müssen wir wohl. Aber nach San d’Oria kann ich dieses Baby nicht mitnehmen“, erwiderte Lynn, indem sie den Wyvern fest an sich drückte.

„Aber Lynn! Dein Leben oder der Kleine da, was ist denn wichtiger?“

Als Ticky ihn wieder so nannte, fauchte der Wyvern sie an.

„Beides ist wichtig“, meinte Lynn sanft, „wenn ich sterbe, ist mein Baby alleine. Aber bis zu dem Tag, wo es erwachsen ist, möchte ich bei ihm sein.“

Zärtlich streichelte Lynn den kleinen Wyrm über den Rücken. Der schnurrte wie eine Katze und rollte sich zusammen. Dann hob er seinen Kopf und schaute den Kameraden einem nach dem anderen in die Augen.

„Für mich ist es kein Problem. Ich gehe zu Fuß nach Jeuno“, sagte Lynn schließlich.

*Das geht nicht!* In ihrer jetzigen Verfassung konnte Douglas ihr keinen zehntägigen Fußmarsch zumuten.

Aber wahrscheinlich würde es auch niemand schaffen, sie zurückzuhalten, befürchtete er.

*Hm. Wie soll ich entscheiden?* Douglas überlegte.

Da hatte Nim eine Idee: „Lasst uns in Richtung Süden gehen!“

Als Douglas seinen Blick hob, bemerkte er, dass auch Peta und Nim sich zu ihnen gesellt hatten und am Gespräch teilnahmen.

„Wenn wir südlich über das La Theine-Plateau durch den Jugner-Wald gehen, sind wir am schnellsten“, erklärte Peta.

„Dafür braucht man mehr als zwei Wochen, oder?“, mutmaßte Douglas.

„Das ist mir schon klar.“

Douglas schaute in Nims Gesicht. Der hatte offenbar nichts dagegen. Wie es schien, hatten er und Peta sich bereits besprochen und waren sich einig.

„Auf dem La Theine-Plateau gibt es ja keine heftigen Steigungen. Also macht euch keine Sorgen: So wie Lynn jetzt aussieht, wird es in nächster Zeit nicht schlimmer bei ihr“, beruhigte Peta die Kameraden.

„Wirklich?“, bohrte Ticky kritisch nach.

„Ja, wirklich! Ich kenne mich aus mit diesen Flüchen. Einen Bekannten von mir hat auch mal einer erwischt.“

Lynns Gesicht entspannte sich etwas. Obwohl sie sich nichts anmerken lassen wollte, machte sie sich natürlich doch Sorgen.

„Wenn es so ist, dann auf in Richtung Süden!“, sagte sie.

Douglas ließ seinen Blick über alle Kameraden schweifen, um sich ihrer Zustimmung zu vergewissern.

Da Nim und Guava von Anfang an zu Fuß gehen wollten, waren sie sowieso einverstanden.

Auch Ticky hatte sich offenbar überzeugen lassen.

„Gut. Dann in Richtung Süden!“, entschied Douglas.

„Los geht's!“, rief Peta mit ihrer kindlichen Stimme, indem sie ihren kurzen Stock in den Himmel streckte.

Als Douglas sie anschaute, fiel ihm etwas auf: Obwohl Ticky und Lynn sie erst vor Kurzem kennengelernt hatten, brachten die beiden ihr bereits volles Vertrauen entgegen. *Wer ist sie überhaupt?*

Die Tarutaru sahen selbst als Erwachsene nur halb so groß wie Hume aus. Ihre Gesichter behielten für immer einen kindlichen Ausdruck. Von ihrer Erscheinung ließ sich also nicht auf ihr wirkliches Alter schließen. Bisher war Douglas überzeugt gewesen, sie wäre einfach noch ein Kind. Doch immer, sobald er in Petas Augen schaute, hatte er den Eindruck, in eine tiefe Quelle zu blicken. Mehr und mehr bekam er das Gefühl, dass sich etwas Großartiges in ihrem Inneren verbarg.

Douglas schüttelte den Kopf. Jetzt war nicht der richtige Zeitpunkt für solche Gedanken. Der Weg, der vor ihnen lag, war lang, und sie hatten es eilig.

Bald, nachdem sie aufgebrochen waren, erreichten sie die Straße nach Süden.

Der Himmel über dem La Theine-Plateau war heiter – ungewöhnlich für diese Gegend, die eigentlich als sehr regnerisch bekannt war.

Dieses grün bewachsene Hochland, das sich südlich des Waldes von Ronfaure ausdehnte, wurde von einigen bodenlos tiefen Spalten durchzogen, die wirkten, als hätte sie ein Riese mit seinem Messer in die Erde geschnitten.

Um diesen Spalten immer wieder auszuweichen, verlief die Straße von Norden nach Süden, wo sie sich irgendwann in zwei Richtungen teilte. Der eine Weg führte weiter südlich zu der Sandwüste der Valkurm-Dünen. Der andere bog nach Osten zum dunklen Waldgebiet von Jugner ab.

Die Reise gestaltete sich alles in allem relativ friedlich.

Ab und zu tauchten Orcs in der Nähe der Straße auf, doch wagten sie es nicht, die Reisenden zu überfallen. Der Überraschungsangriff auf ihre Siedlung Davoi, der kürzlich – angesichts der Wiederkehr des Schattenlords – stattgefunden hatte, hatte ihre Kampfkräfte deutlich geschwächt, sodass sie zurückhaltender waren als früher. Seitdem hatten sich die Angriffe auf Reisende minimiert.

Am zweiten Tag, den sie auf dem Hochland unterwegs waren, um die Mittagszeit, erhob sich etwas Weißes und Großes vor ihnen.

„Ah, … der Crag von Holla“, murmelte Douglas vor sich hin.

Lynn hatte es gehört und drehte ihm ihren Kopf zu.

Die beiden bildeten das Ende der Gruppe – die Vorhut übernahmen Guava und Ticky, denen die Magier Nim und Peta folgten.

„Hast du eine Ahnung, was das sein könnte, Douglas?"

„In der Region Zulkheim gibt es etwas Ähnliches, oder nicht?"

„Ja, stimmt. In Konschtat."

Lynn und Ticky hatten nämlich erzählt, dass sie aus Bastok gekommen waren. Demzufolge mussten sie das Konschtater Hochland überquert haben, wo ein ähnlicher Felsen existierte.

Der Crag von Holla war nämlich ein riesiger weißer Felsen von äußerst eigenartigem Aussehen. Er glich einem kleinen spitzen Berg und war mindestens so groß wie die Kathedrale von San d'Oria. Die Oberfläche war spiegelglatt. Wenn man sie berührte, fühlte sie sich sehr kalt an.

Dieses Gefühl erinnerte unwillkürlich an die kalte Berührung eines Skelettes, obgleich Douglas eine solche Erfahrung noch nicht gemacht hatte.

„Ich weiß allerdings nicht, was das eigentlich ist."

Vielleicht wusste Nim mehr darüber. Aber jetzt gab es Interessanteres zu vermelden: „In der Nähe dieses Felsens wurde kürzlich eine Chocobo-Vermietung aufgemacht."

Bei dieser unerwarteten Auskunft riss Lynn erstaunt ihre Augen auf.

Chocobos konnten allein zu ihrem Stall zurückkehren, sofern sie den Weg kannten – egal, wo man sie freiließ. Diese Vögel waren nicht nur schnell und extrem belastbar, sie waren auch sehr intelligent.

Deshalb konnte man im Grunde an jeder Straßenecke eine Chocobo-Vermietung eröffnen. Dafür war es allerdings wichtig, dass die Gegend als einigermaßen sicher galt, damit man die Tiere auch betreuen konnte.

„Einige Elvaan haben Chocobos zum Crag von Holla gebracht und hier einen Laden aufgemacht. Frag mich nicht, warum es nur Frauen sind! Die Abenteurer nennen sie zum Spaß die ‚Choco-Girls'."

„Und es sind nur Elvaan?"

„Ja", nickte Douglas und erzählte weiter: „Überwiegend sollen es Elvaan sein, die derartige saisonale Chocobo-Vermietungen betreiben. Nim vermutet, weil die Elvaan als Erste auf die Idee kamen, Chocobos zu zähmen und als Reittiere zu benutzen. Auch die meisten Chocobo-Abrichter sind Elvaan. Aber, ob das woanders auch nur Frauen machen, weiß ich nicht."

„Du kennst dich aber gut aus."

„Das habe ich nur gehört, hatte es aber völlig vergessen", erwiderte Douglas. „Hier sind wir vor einem Monat schon mal vorbeigekommen, und damals hat Nim es mir erzählt."

Douglas hatte es bis gerade eben wirklich völlig vergessen.

Beim Crag von Holla gingen die Mönche der Nationalkirche von San d'Oria ihren geistigen Übungen nach. Der Kirche zufolge besaß dieser Ort eine besonders reine Ausstrahlung und eignete sich deshalb gut für Andacht sowie Meditation.

Über Nim hatte Douglas damals den Auftrag von der Kirche bekommen, religiöse Schriften hierher zu bringen. Ihm blieb zwar das Gerede der Mönche eher unverständlich, und eine besonders reine geistige Atmosphäre hatte er auch nicht verspürt, aber für den Auftrag war das auch nicht nötig gewesen; daher hatte er sich nicht weiter darum gekümmert.

Auf jeden Fall musste dieser Ort ein ganz besonderer sein. Denn hier gab es auch ein Tor für den Teleport-Zauber.

Weiter vorne erzählte Guava gerade Ticky etwas Ähnliches.

„Ach, so ist das", sagte sie. Dann kniff sie ihre Augen zusammen und meinte vorwurfsvoll: „Wenn du mir das früher gesagt hättest, hätte ich dir gleich zugestimmt."

„Ich hab's vergessen"

„Natürlich! Vergessen!"

„Wirklich wahr! Ich schwöre es bei der Göttin von Altana!"

„Na, was soll ich davon halten, wenn du bei anderen

Weibern schwörst!?“ Ticky konnte ihr freches Mundwerk einfach nicht im Zaum halten.

Ein Weißmagier wäre wohl ziemlich entsetzt gewesen, doch Guava zuckte nur die Achseln und murmelte: „Ich hab' Hunger!“ Seine Absicht, das Thema zu wechseln, war unverkennbar.

Doch diesmal ärgerte sich Ticky nicht über ihn, sondern ließ ihren Blick in die Ferne schweifen – den Blick einer Jägerin.

Guava schaute angestrengt in dieselbe Richtung wie sie und bemerkte etwas.

Er drehte sich um und rief, während er mit dem Finger in die Richtung links von der Straße wies: „Douglas! Da vorne gibt's Essen!“

„Essen!?“, wunderte sich dieser und stierte ebenfalls in die Richtung.

Zwischen den Hügeln, in einer Senke, die etwas tiefer lag als die Straße, leuchtete in der Ferne ein blauer See. An dessen Ufer bewegte sich etwas. Es wimmelte geradezu von Lebewesen!

„Das sind doch Dickschalen-Krebse!“, rief Douglas.

Alle blieben stehen und schauten in die angegebene Richtung.

„Kann man die essen?“, fragte ihn Lynn.

Zum ersten Mal bemerkte er einen Ausdruck von Entsetzen auf ihrem Gesicht. Von hier aus konnte man sie aber auch nicht so genau erkennen. Sie wirkten wie kleine wimmelnde Insekten. Aber in Wirklichkeit ähnelten sie riesigen Einsiedlerkrebsen. Sie sahen aus wie Zauberer-Spitzhüte mit Beinen. So groß wie Peta oder vielleicht auch ein bisschen kleiner. Sie lebten am Wasser und waren mit einer harten Schale geschützt. Deren Farbe leuchtete tiefblau.

Als Douglas und seine Kameraden näher kamen, hatte es den Anschein, als würden unzählige blaue Spitzhüte um den See herumtrippeln.

Obwohl das irgendwie witzig war, würde jemand, der sie nicht kannte, bei dem Vorschlag, sie zu verspeisen, sicherlich zögern.

„Hmmmmm!“, war eine gierige Stimme zu hören.

Als Douglas sich umdrehte, registrierte er, dass Peta sich mit der Zunge über die Lippen fuhr und ihr fast der Speichel aus dem Mund tropfte.

Ihre Augen strahlten vor Begeisterung. „Die sind so lecker! Ihr Fleisch hat einen unglaublich intensiven, zarten Geschmack! Man wirft sie einfach in kochendes Wasser … dann etwas frisch gepressten Zitronensaft darüber … leicht in Sojasauce aus dem fernen Osten eintunken, und ab in den Mund! Und die Innereien erst! Die sind echt eine Delikatesse!“ Peta hob den Blick und schaute ihre Kameraden an. Dann räusperte sie sich einmal und gab zu bedenken, wobei sie wieder eine völlig nüchterne Miene aufsetzte: „Wenn wir jetzt Chocobos ausleihen, können wir sie nicht jagen – wie wollen wir also vorgehen?“

*Du fragst uns, wie wir vorgehen sollen!? Nach diesem Vortrag!*

Die anderen starrten Peta wortlos an.

„Ich meine, wollen wir uns erst etwas zu Essen besorgen und dann die Chocobos mieten? Oder sollen wir gleich Chocobos ausleihen, schnell weiter reiten und dafür früher als geplant ein Lager aufschlagen?“, erklärte sie.

Douglas tat so, als würde er gründlich nachdenken.

„Es wäre besser, erst zu jagen“, meinte Nim: „Wenn wir jetzt weiter reiten, gibt es keine Garantie, dass wir später noch etwas zum Essen auftreiben. Außerdem …, du scheinst großen Appetit auf diese Viecher zu haben, oder?“ Beim letzten Satz schaute er Peta an. Davor hatte er einen flüchtigen Blick auf Lynn geworfen – den aber wohl keiner bemerkt hatte außer Douglas.

*Ah, so ist das.* Douglas verstand: Es gab einen weiteren Grund. Je mehr Zeit verging, desto mehr würde der Fluch Lynn schwächen. Damit nahm die Kampfkraft ihres Bündnisses ab. Je länger die Reise dauerte, desto mehr würden sie zur Vorsicht gezwungen sein und könnten vielleicht nicht mehr so viel jagen, wie sie wollten.

„Gut, dann lasst uns gleich ein paar von den Tierchen auf Vorrat fangen.“ Zum ersten Mal, seit sie San d’Oria verlassen hatten, machte Guava ein fröhliches Gesicht. Er musste wirklich äußerst hungrig sein. Wie groß der Kummer auch sein mochte, wie viele Sorgen man auch hatte: Hunger bekam man immer.

„Wie viele wollen wir fangen?“, fragte er, während er die eisernen Nieten über die Hände zog.

„Wenn möglich, vier oder fünf“, antwortete Douglas.

Allerdings, falls es hier noch mehrere Jäger gab, die Krebse für die Stadtbewohner von San d’Oria oder Selbina fangen wollten, dann sollten sie sich bei der Jagd lieber zurückhalten, dachte Douglas. Denn er wollte sich nicht rücksichtslos verhalten.

„Scheint sonst niemand hier zu sein!“, murmelte Ticky, nachdem sie rasch die Umgebung gemustert hatte. Als Jägerin verfügte sie über die besten Augen. Und diese Augen bemerkten keine weiteren Jäger.

„Also dann! Vorsichtshalber führe ich einen kleinen Schutzzauber auf euch aus.“ Nim fuchtelte mit seinem Stock und rezitierte den Zauberspruch „Schutzra II“.

Bei Tageslicht war es zwar schwer zu erkennen, doch ein weißer Schimmer umhüllte alle Kameraden.

„So! Viel Spaß und viel Erfolg!“

„Hey, du kommst auch mit!“, forderte Douglas ihn erbarmungslos auf.

„Wieso?“, murrte Nim, der gerade ein Buch aus seinem Kittel hervorzog. „Vier Dickschalen-Krebse schafft ihr doch auch ohne mich, oder?“

„Trotzdem!“

Unwillig steckte Nim sein Buch wieder zurück.

„Ich werde auch den Carbuncle rufen“, beschloss Peta.

Da vergaßen alle ihre eigenen Jagd-Vorbereitungen und sahen voller Bewunderung zu, was Peta machte. Denn keiner von ihnen hatte bisher hautnah miterlebt, wie ein Avatar herbeigerufen wurde.

Die Tarutaru Beschwörerin steckte ihren Kurzstock in das Tuch, das um ihre Hüfte geschlungen war. Mit ihren Fingern bildete sie verschiedene Formen, sogenannte Siegel. In einer ungewöhnlichen Melodie flossen ihr kraftvoll klingende Worte aus dem Mund. Sie klangen manchmal wie ein Lied, manchmal eher wie Geschrei. Mal hoch und schrill, mal tief und zärtlich ertönten Petas Worte. Es war die Sprache des Volkes von Altana, doch zum Teil betonte sie die Wörter so eigenartig, dass Douglas nicht alles verstand. Ihre Finger bildeten unentwegt verschiedene, komplizierte Muster. Je höher die Melodie wurde, desto schneller bewegten sie sich.

Ihre Zauberworte dauerten an: „Und so befehle ich dir, komm hierher, komm schnell herab vom Himmel von Astral zur Erde hier in Vana’diel, du Avatar, mit dem ich einen Pakt geschlossen habe!“

Petas Fingerbewegungen endeten, dann breitete sie beide Arme zur Seite aus, als wollte sie jemanden willkommen heißen: „Hierher, Carbuncle!“

Ein grüner Blitz zuckte über den Boden. Er zeichnete einen Kreis, in dem rasch ein kompliziertes Muster entstand. Ein magisches Symbol. Als es vollendet war, strahlte aus der Mitte des Kreises ein weißes Licht senkrecht hinauf in den Himmel. In dem Licht war ein undeutlicher Schatten zu erkennen. Der Umriss eines Tieres mit drei aufgerollten Schwänzen. Immer deutlicher wurde es.

Das Licht verschwand, als sich schließlich ein azurblaues Wesen zeigte – der Carbuncle.

Auch das magische Symbol verblasste und war plötzlich weg.

Elegant vollführte der Carbuncle eine Rolle in der Luft. Dann landete er auf dem Boden von Vana'diel und flitzte sogleich zu seiner Beschwörerin. Brav setzte er sich neben Peta.

Douglas hatte das Schauspiel staunend verfolgt, doch jetzt kam er wieder zu sich. „Gut, dann los!"

Die Gruppe wanderte langsam zum See hinunter.

Das Wichtigste bei der Jagd war die Wahl des Ortes. Normalerweise suchte man sich einen Stützpunkt, der nur nach einer Seite hin offen war. So vermied man es, umzingelt zu werden. Dorthin lockte man dann seine Beute.

Doch die Umgebung des Sees erstreckte sich nach allen Seiten als offenes Gelände. Nirgendwo gab es einen geeigneten Platz.

Der See war fast rund. Um ihn herum wuchs kniehohes Gras. Dort tummelten sich die Dickschalen-Krebse.

Douglas wies auf einen kleinen Hain nicht weit vom See hin. „Lasst uns den als Stützpunkt wählen!“, schlug er vor.

Der Hain bestand aus ein paar weit auseinander stehenden Bäumchen, die sie beim Kampf mit den Krebsen nicht behindern würden.

Ideal war es zwar nicht, doch an einer völlig offenen Stelle konnten sie von den Orcs erwischt werden, die überall an der Straße lauerten. Das wollte Douglas vermeiden.

„Gut! Dann werde ich einen dorthin locken“, bot Ticky an und nahm ihren Bogen von der Schulter. Leichtfüßig rannte sie zum See.

Währenddessen bereiteten auch die anderen ihre Waffen vor, positionierten sich und machten sich kampfbereit.

An vorderster Front standen Douglas mit seinem Langschwert und Guava, der seine eisernen Nieten übergezogen hatte. Lynn mit ihrer langen Lanze, die eine größere Reichweite hatte, hielt sich etwas dahinter. Die zwei Magier blieben ganz hinten.

Schon kam Ticky wieder zurückgelaufen – einen Dickschalen-Krebs dicht auf den Fersen. An einem seiner Beinansätze, dicht unterhalb der Schale, steckte ein Pfeil.

Der Krebs streckte seine zwei, mit scharfen Zangen ausgerüsteten Vorderbeine hoch und schwang sie hin und her. Er war offensichtlich wütend.

Plötzlich tauchte Peta neben Douglas auf, obwohl sie eigentlich hinten stehen sollte. Sie ignorierte sein Entsetzen und sagte, während sie gelassen den Kopf des Avatars streichelte: „Noch nicht nah genug! Noch näher! Noch näher!"

Douglas verstand, dass sie warten wollte, bis der Krebs die ideale Entfernung zu ihnen hatte.

Dickschalen-Krebse halfen sich zwar nicht gegenseitig, doch es konnte durchaus sein, dass plötzlich ein Monster aus dem See auftauchte und sich näherte. Um das zu vermeiden, wartete Peta, bis der Krebs weit genug vom See entfernt war.

„Gut! Mein Carbunclechen! Jetzt bist du dran!", kommandierte Peta, indem sie mit ihrem kurzen Finger auf den Krebs wies.

Getrieben vom Befehl seiner Herrin – beziehungsweise von ihrem Hunger – sprang der Carbuncle auf die Beute los.

Peta dagegen hatte bereits wieder Deckung hinter Douglas bezogen.

Die spitzen Krallen des Avatars durchdrangen die Schale des Krebses. Der wechselte sofort das Ziel seines Angriffs: Statt auf Ticky ging er auf den Carbuncle los.

In diesem Moment drangen Douglas und seine Kameraden auf ihn ein.

„Ich hole schon mal den Nächsten!“, gab Ticky Bescheid und spurtete zum See zurück.

Douglas versuchte, die Aufmerksamkeit des Krebses auf sich zu lenken, indem er Schwert und Schild aneinander schlug.

Guava versetzte ihm ein paar Schläge und versuchte, ihn zu stoppen.

Ticky lockte der Reihe nach weitere Tiere an. Als es insgesamt fünf waren, platzierte sie sich hinter Douglas und Guava, um sich auf das Bogenschießen zu konzentrieren. Denn mehr Krebse brauchten sie nicht. Ihr Fleisch war nicht so lange haltbar wie normales Fleisch, das man räuchern konnte. Als sie nach hinten rannte, warf sie Lynn einen schnellen Blick zu.

Douglas bemerkte es, weil auch er sich Sorgen um sie machte.

Doch Lynn kämpfte sehr effektiv. Sie nutzte den Vorteil ihrer langen Lanze und verharrte stets in sicherer Entfernung. Sie verzichtete auf große Schwünge, überließ den Kampf im Wesentlichen Douglas und Guava, trat nur nach vorne, wenn es sein musste. Dann versetzte sie dem Gegner einen Stoß.

Ihre Kampfweise bewies deutlich, dass sie genau wusste, was sie sich zumuten konnte. Sie überanstrengte sich nicht.

*Hut ab!* Douglas war so beeindruckt, dass er vielleicht vor Bewunderung einen Pfiff ausgestoßen hätte, wenn er nicht gerade mitten in einer gefährlichen Auseinandersetzung mit einem Dickschalen-Krebs gesteckt hätte.

Tatsächlich besaßen die Tiere unglaublich dicke, harte Schalen. Obwohl sie sich dank Nims Dia-Zauber nur äußerst mühsam bewegen konnten, gelang es ihnen doch immer wieder, ihren Gegnern leichte Verletzungen zuzufügen.

Widerwillig führte Nim, der bereits für sämtliche Krebse „Dia" beschworen hatte, auf seine Kameraden „Heilen" aus.

„Also wirklich, Doug! So kleine Verletzungen hättest du auch heilen können", beschwerte er sich sichtlich erschöpft.

Den Elvaan lag die Magie nicht unbedingt im Blut. Im Gegensatz zu den Tarutaru, die für ihre unerschöpflichen magischen Kräfte berühmt waren, fehlte ihnen diese nun mal. Dagegen konnte man nichts machen. Deshalb bemühten sich die Elvaan, ihre Rezitationstechnik zu verbessern, um die Anstrengung des Zauberns zu verringern.

Das war auch der Grund, weswegen Douglas Nim zum Mitkommen aufgefordert hatte: Weil Nim noch üben musste.

Doch dieses Mal wäre ihm das fast schlecht bekommen.

Als nur noch ein einziger Krebs übrig war, geschahen mehrere unerwartete Dinge gleichzeitig.

„Ich bitte um das Erbarmen der Göttin von Altana, um ihre Hilfe und so weiter …"

Als Nim noch nachlässiger als üblich den Zauberspruch rezitierte, schallte plötzlich Petas fast panischer Warnruf über die Köpfe der Kameraden: „Halt! Nein! Hör sofort auf mit dem Zauberspruch!"

Douglas erschrak.

Doch Nim hatte die Warnung gar nicht vernommen. Selbst wenn er fast gelangweilt wirkte, befand er sich bei der Rezitation in tiefer Konzentration. Beinahe wie in Trance. Sowohl seine Worte als auch seine Gesten waren ihm selbst kaum bewusst.

Douglas schaute in die Richtung, in die Petas Finger zeigte. Er erblickte eine große, blaue Seifenblase, etwa so groß wie ein Dickschalen-Krebs. *Ein Wassergeist! Was macht der denn hier?*

Es war ein Geist, der das Element „Wasser" kontrollieren konnte, eines der acht Elemente, aus denen Vana'diel bestand. Wie ein großer, durchsichtiger Tropfen kroch er über den Boden, indem er sich abwechselnd ausdehnte und zusammenzog. Langsam robbte er heran.

*Gerade war das Wetter doch noch schön!* Douglas stierte in den Himmel hoch und biss die Backenzähne fest aufeinander. Irgendwann hatte sich der Himmel mit schwarzen Wolken bedeckt. Nun ja, das La Theine-Plateau war eben eine regnerische Gegend.

„Oje! Vielleicht hat er uns bemerkt?“, sorgte sich Peta.

Der Geist besaß zwar keine Augen, aber er konnte magische Kräfte wahrnehmen. Offenbar hatte er Nims Heilzauber gespürt – langsam schob er sich auf ihn zu.

„Kann ich ihn erledigen?!“ Ticky spannte ihren Bogen.

„Nein, tut ihm bloß nichts, verdammt!“, fuhr Guava sie an. Doch seine Warnung kam eine Sekunde zu spät.

Die Bogensehne surrte. Der Pfeil traf – unglücklicherweise.

Jetzt hatte es der Wassergeist auf Ticky und Guava abgesehen. Kerzengerade glitt er auf sie zu.

„Nun haben wir keine Wahl mehr, Minikatze. Wir müssen ihn fertig machen!“

„Schon klar!“, zischte sie und rannte Guava hinterher.

„Pech gehabt!“, hörte Douglas sie murmeln, als sie an ihm vorbeilief.

Peta schickte den beiden einen Unterstützungszauber hinterher.

Als Douglas seine Aufmerksamkeit endlich wieder auf den verbliebenen Dickschalen-Krebs richtete, hörte er plötzlich zwei Schreie gleichzeitig. Der eine kam von … „Lynn!“ Er bereute mächtig, dass er nicht besser auf sie aufgepasst hatte. Er war davon ausgegangen, der gegnerische Angriff würde nur ihm gelten.

Der Wyvern kreischte vor Sorge.

Ohne dass Douglas etwas bemerkt hatte, hatte der Krebs sein Angriffsziel geändert. Statt auf ihn, konzentrierte er sich plötzlich auf Lynn. Seine riesigen hoch erhobenen Scheren sausten nieder.

„Nichts passiert!“, beruhigte ihn Lynn, die sich nach hinten abgerollt hatte, um der Attacke zu entkommen.

Douglas sprang zwischen sie und den Krebs. Er hob seinen Schild und holte mit seinem Schwert aus. *Ich muss ihn unbedingt auf mich lenken!*

„Pass auf deine Herrin auf!“, brüllte er dem Wyvern zu.

Offenbar hatte der kleine Wyrm ihn verstanden, denn er zog sich schnell zurück.

Dieser Wyrm hatte noch keinerlei Kampferfahrung. Also war es besser so.

Noch etwas anderes hatte Douglas – zugleich mit Lynns Schrei – hinter sich vernommen: Die gedämpfte Stimme Nims.

Dieser bemühte sich aus Leibeskräften, seine Schmerzen zu unterdrücken. Denn er wollte nicht mitten im Kampf die Aufmerksamkeit seiner Kameraden stören. Doch die Schmerzen an seiner linken Schulter erwiesen sich als so unerträglich, dass er aufstöhnte, ohne es zu wollen. Er biss die Zähne fest zusammen.

Etwas war auf ihn zugeflogen. Eine Waffe mit einer scharfen Klinge. Ein Dolch oder ein *Shuriken*, wie es die *Ninjas* im fernen Osten benutzten. Er wusste aber nicht, was es war. Von da drüben, hinter dem Gebüsch, war es geworfen worden. Nachdem es Nims linke Schulter aufgeschlitzt hatte, war es im Gras gelandet.

Wahrscheinlich hatte er zu viel Blut verloren. Wenn er nicht aufpasste, fiel er gleich in Ohnmacht. *Wer war das? Und warum überhaupt?* Das beschäftigte Nim fast mehr als seine Wunde.

Douglas riss sich zusammen, obwohl er sich unbedingt zu seinem Freund umdrehen wollte.

„Nim! Nim! Ist alles in Ordnung mit dir!?“, hörte er Peta rufen.

Douglas war äußerst besorgt, aber nur er und der Carbuncle konnten es momentan mit diesem Krebs aufnehmen. Er durfte sich nicht wieder ablenken lassen.

Douglas hatte überhaupt nicht mitbekommen, was mit Nim geschehen war. Den Krebs hatte er direkt vor sich, und gegen den Wassergeist kämpften Guava und Ticky. Ansonsten hätte es eigentlich keinen Gegner geben dürfen.

„Reiß dich zusammen! Ich werde dich gleich heilen!“, beruhigte ihn Peta.

Doch Nim widersprach ihr: „Nicht doch! Wir sollten uns erst um dieses hübsche Mädchen kümmern.“

„Nim! Bei mir ist es nicht so dringend!“, wehrte Lynn ab.

„Kein Problem, kein Problem …“ Nims Stimme hörte sich schwach an.

Douglas konzentrierte sich und verdichtete seine Energie. Jetzt musste er so schnell wie möglich diesen Krebs erledigen.

„Ich werde dich gleich mal heilen …“ Nim führte „Heilen II“ aus, womit auch schwerere Wunden sofort wieder verschwanden.

Während Douglas ihn hinter sich rezitieren hörte, holte er mit seinem Schwert aus. Die vollständig verdichtete innere Energie stieg den Arm hinauf und ließ die Klinge rot erglühen. Eine Flamme loderte auf. „Roter Lotus“! Mit dem brennenden Schwert durchschlug Douglas die harte Schale des Krebses und schnitt tief in sein Fleisch. Erst nachdem er sicher war, dass das Tier sich nicht mehr bewegte, drehte er sich um.

Nim stützte sich haltsuchend gegen einen Baum. „Doug, muss ich dich auch noch heilen?“

„Nein danke, nicht nötig.“ Douglas schüttelte den Kopf.

Nims Verletzung war schwer. An der Schulter klaffte eine tiefe Wunde. Die Robe hing dort zerfetzt herab, und man sah, dass seine Haut dick mit Blut verschmiert war. Es blutete immer noch. Da er bereits viel Blut verloren hatte, sah er sehr blass aus. „Nun, da drüben scheint auch alles in Ordnung zu sein, also werde ich erst mal mich selbst heilen.“ Nim warf einen Blick auf Guava und Ticky, die gerade auf ihn zugelaufen kamen.

Sie hatten den Wassergeist erledigt.

„Den Rest müsst ihr dann übernehmen“, äußerte Nim noch, dann rezitierte er „Heilen II“. Kaum war er damit fertig, brach er zusammen.

„Nim!“, kreischte Lynn entsetzt.

„Mach dir keine Sorgen!“, besänftigte sie Douglas. Zunächst überprüfte er ihr Knie, das verletzt war. Denn Nim wäre es sicher nicht recht, wenn er vor einem Mädchen behandelt werden würde. Dank Nims Zauber war die Knieverletzung bereits geheilt. Danach musterte er seine eigene Schulter. Auch diese Verletzung war weitgehend schon geheilt. Sie sah jetzt aus wie eine einfache Aufschürfung.

„Carbunclechen. Zeig, was du kannst!“, befahl Peta.

Der Avatar ließ einen glitzernden rubinroten Lichttropfen auf seiner Stirn entstehen. Als dieser Tropfen auf Nim fiel, verschwand die Wunde an seiner Schulter vollständig. Diese Technik hieß „Heilung des Rubins“.

Guava und Ticky kamen zu ihnen. Sie warfen besorgte Blicke auf den ohnmächtigen Weißmagier.

Ticky guckte finster drein, als sie bemerkte, dass seine Robe an der Schulter zerrissen war. Sie fragte: „Was ist denn passiert mit dem Bürschchen?“

„Keine Sorge. Er ist völlig okay. Er muss sich bloß ein bisschen ausruhen“, erwiderte Douglas.

Guava nickte: „Schließlich hat er pausenlos Zaubersprüche rezitiert."

„Ach so, seine magischen Kräfte sind geschwunden", stellte Peta fest. Sie wirkte erleichtert. Denn jetzt war klar, warum Nim plötzlich zusammengebrochen war.

Ein Lebewesen konnte normalerweise nicht so lange kämpfen, bis seine Kraft vollständig aufgebraucht war. Wenn irgend möglich, hörte es vorher auf, sobald es spürte, dass eine gewisse Grenze erreicht war.

Ein Magier dagegen vermochte es, problemlos Zauber auszuführen, bis seine magischen Kräfte komplett erschöpft waren. Mit anderen Worten: Die Rezitation der magischen Formeln saugte einem Magier unweigerlich die Kräfte aus. Das war der Preis dafür, dass Magier die Gesetze der Realität auf den Kopf stellen konnten.

„Aber wir können uns hier leider nicht ausruhen", bedauerte Peta, während sie in den Himmel aufblickte.

Der erste Regentropfen fiel Douglas ins Gesicht. Hier, wo nur vereinzelte Bäume standen, fanden sie keinen Schutz vor dem Regen.

„Gehen wir zum Crag von Holla. Dort können wir uns unterstellen", schlug Douglas vor und blickte zu dem weißen Felsen, der nicht weit entfernt wie ein kleiner Berg aufragte.

„Ich trage ihn!" Guava beugte sich über seinen Freund. Er legte Nim über die Schulter, erhob sich und meinte, während er finster nach oben schaute: „Wir sollten hier schnell verschwinden! Sonst taucht vielleicht wieder ein Wassergeist auf."

Der Regen wurde langsam stärker. Unter diesen Umständen war nichts so gefährlich, wie sich unnötigerweise in der Nähe von Wasser aufzuhalten. Denn die Geister bevorzugten Orte, die ihre Kräfte verstärkten.

„Kannst du laufen?", fragte Douglas Lynn.

„Ich laufe!", lautete die Antwort.

„Gut", erwiderte er, denn damit hatte er gerechnet.

„Hey, du solltest ein bisschen unabhängiger von deiner Herrin werden!" Douglas packte den Wyvern, den Lynn gerade wieder in den Arm nehmen wollte, am Nacken und warf ihn in die Luft.

Heftig flatternd stieß er ein ärgerliches Fauchen aus. Aber er flog nicht in Lynns Arme zurück.

„Ich habe die ganzen Krebse eingesammelt!", teilte Peta mit.

„Gib mir die Hälfte, ich kann sie noch tragen", sagte Guava. Nicht umsonst war er ein Galka, der auf seine Muskelkraft stolz war – ihm kam offenbar sogar Nim wie ein leichtes Gepäckstück vor.

„Wir gehen!", rief Douglas Ticky zu, die im Gras noch irgendetwas zu suchen schien.

„Ja, ja, ich komme gleich."

„Was gibt's denn?", forschte Douglas ungeduldig.

„Ich habe hier so ein komisches Ding gefunden. Aber ich lasse es lieber liegen, sonst wird es zu schwer", Ticky warf etwas, was sie gerade in die Hand genommen hatte, gleich wieder weg.

Auch Douglas schaute es sich nicht genauer an. Denn er spürte etwas in der Luft. Zwischen den Bäumen sah er, wie sich etwas bewegte. Der Schatten einer Kreatur!

Er hatte das Gefühl, beobachtet worden zu sein. Ein schauderhaftes Gefühl – er bekam Gänsehaut. *Es wäre verdammt ungünstig, wenn wir weiter hierbleiben.* Das wusste er instinktiv.

„Los!" Douglas und seine Kameraden machten sich auf den Weg zum Crag von Holla.

Das Ding, das Ticky weggeworfen hatte, lag im Gras und wurde nass vom Regen. Es war die Waffe, die Nims Schulter aufgerissen und ihn so schwer verletzt hatte. Ein Messer, dessen stählerne Klinge ungefähr halb so lang war wie ein Arm. Sie war mit Nims frischem, rotem Blut bedeckt. Im Verhältnis zur Breite wirkte die Klinge äußerst dünn. Ein auffälliges Wellenmuster war eingraviert. Es war ein Messer aus dem fernen Osten, das „Hohcho" genannt wurde.

Ticky kannte es nicht. Hätte sie gewusst, was es war, hätte sie es den anderen gezeigt.

Heftiger Regen fiel auf die matt schimmernde Klinge und wusch das Blut ab. An der Stelle bildete sich nach und nach eine rote Wasserpfütze.

\+ + +

Der Fuß des Crag von Holla sah aus wie spitze, zum Himmel weisende Krallen oder wie die hochgebogene Krempe eines Riesenhutes. Unter dieser Krempe konnte man Zuflucht vor dem Regen finden.

Auch die Chocobo-Vermietung hatte sich hier eingenistet, damit die Tiere nicht nass wurden.

Als Douglas und seine Kameraden ankamen, fragte eines der Elvaan „Choco-Girls“, was denn mit ihnen passiert sei.

Als hätte er die Stimme erkannt, schlug Nim sofort seine Augen auf. „Oh! Bin ich durch die Pforten des Paradieses gelangt? Welch schöne Damen empfangen mich hier!“, schmeichelte er den Mädchen, kaum dass er aufgewacht war.

„He! Was quatschst du denn da schon wieder! Gerade warst du doch noch ohnmächtig.“

Nim ließ sich von Tickys hartem Kommentar nicht im Geringsten beeindrucken. Er war jemand, der immer sagte, was er dachte. Und zwar, wann und wie er es wollte.

Douglas und Guava seufzten leise vor sich hin.

Aber die „Choco-Girls“ waren noch schlauer als Nim. Sie bedankten sich für sein Kompliment und lächelten ihn lieblich an. Dieses Lächeln schwebte die ganze Zeit auf ihren Gesichtern. So trieben sie unauffällig die Miete für die Chocobos in die Höhe.

Als die Preisverhandlungen schließlich abgeschlossen

waren, entschieden sich Douglas und seine Kameraden, zu Mittag zu essen.

Zwar war es ein ziemlich spätes Mittagsmahl, aber das ließ sich nun einmal nicht ändern. Wenigstens hatten sie hier ein Dach über dem Kopf und wurden nicht nass.

Zum Glück waren ausreichend Zutaten vorhanden.

„Hm! Krabbenfeuertopf!" Peta und der hungrige Guava sahen besonders glücklich aus.

Kochendes Wasser in einem großen Topf bekamen sie von den „Choco-Girls", wofür diese als Gegenleistung einen Krebs erhielten. Unterwegs wurde häufig getauscht.

„Dickschalen-Krebse muss man mit der Schale zusammen kochen! Dann nimmt ihr Fleisch den Geschmack der Schale gut an. Das Fleisch hat nämlich nur einen sehr zarten Eigengeschmack und schmeckt viel besser so. Halt! Stopp! Keine Gewürze! Das verdirbt alles!" Peta zeigte sich furchtbar anspruchsvoll, was das Kochen anbelangte. Unentwegt erteilte sie Anweisungen, bis das Gericht endlich fertig war.

Einen der Krebse kochten sie nur halb, ließen das Wasser abtropfen und hoben ihn für später auf. Um diese Jahreszeit, Anfang Frühling, hielt er sich zumindest einen halben Tag.

Als sie anfingen zu essen, wurde Peta still. Auch die anderen schwiegen. Denn ein Krebs war immerhin so groß wie ein Tarutaru. Selbst wenn der Rückenpanzer den größten Teil ausmachte, blieb noch eine ganze Menge Fleisch übrig. Stillschweigend beschäftigten sich alle damit, es aus dem Rückenpanzer zu lösen und zu verspeisen.

Peta hatte recht gehabt: Die Krebse schmeckten wirklich köstlich.

Als alle satt waren, begannen sie, sich angeregt zu unterhalten.

Douglas schnitt das Thema an, das ihn schon die ganze Zeit beschäftigte: „Lynn, Ticky. Könnt ihr uns bitte ein bisschen genauer erzählen, wie ihr damals überfallen worden seid?"

Die beiden sahen einander an.

„Du denkst bei dieser Frage sicherlich an den Überfall auf Nim von vorhin, nicht wahr?", fragte Lynn.

Douglas nickte.

„Die Vermutung liegt nahe, dass Nim an meiner Stelle angegriffen wurde, oder?"

„Ja", erwiderte Douglas mit harter Stimme.

„Hey, hey, Doug …", mischte Nim sich ein, als wollte er ihn beschwichtigen.

Aber Douglas fand es wirklich besorgniserregend, was er beim Verlassen des Sees gespürt hatte – eine äußerst angespannte, beklemmende Atmosphäre. Reine Mordlust! Aber offenbar war er der Einzige, der das empfunden hatte.

„Ich glaube das nicht. Denn der Mann, der mich überfallen hat, sagte jedes Mal: ‚Gib *ihn* mir!'", betonte Lynn.

Daraufhin starrten alle den Wyvern an.

Im Nachhinein wunderte sich Douglas, dass jeder von ihnen sofort das Gleiche gedacht hatte. Doch tatsächlich erschienen in diesem Moment alle davon überzeugt, dass nur der Wyvern gemeint sein konnte.

„Zum ersten Mal wurde ich in Bastok überfallen. Aber auch danach tauchte der Mann immer wieder auf. Und ständig verlangte er dasselbe: ‚Gib ihn mir!' Daher glaube ich nicht, dass die Attacke auf Nim etwas damit zu tun hat."

„Aber dann ist es ja gar nicht dein Leben, das in Gefahr ist."

„Hm ... So kann man es auch sehen."

Auf einmal war alles anders, als Douglas bisher geglaubt hatte.

„Warte mal!", unterbrach Nim. „Darf ich dich fragen, wie du eigentlich jedes Mal entkommen konntest?"

Erst als Nim diese Frage stellte, fiel Douglas auf, dass dies in der Tat seltsam war. *Würde jemand, der es auf Lynns Leben abgesehen hat, sie immer wieder entkommen lassen?*

„Diesem Mann schien es auch nicht besonders gut zu gehen. Daher war es nicht schwierig, ihm zu entfliehen."

„Du hast doch gesagt, dass es ein Elvaan war?“, sagte Nim.

„Ja. Er sah so aus. Obwohl …, wenn ich jetzt daran zurückdenke, bin ich mir nicht mehr so sicher. Denn für mich war es das erste Mal, dass ich einen Elvaan aus der Nähe betrachten konnte. Allerdings wirkte er irgendwie ganz anders als Nim … Außerdem stimmte etwas mit seinen Augen nicht.“

„Ich weiß nicht, ob ausgerechnet Nim als Standard-Elvaan gelten kann“, gab Guava zu bedenken.

Douglas teilte zwar in dieser Hinsicht seine Meinung, aber er hatte jetzt eine ganz andere Sorge: Sie betraf das Aussehen des Mannes, den Lynn damals beschrieben hatte. Sie hatte gesagt, er würde wie ein Ritter aussehen. Wenn er tatsächlich ein Elvaan-Ritter war und es wirklich auf den Wyvern abgesehen hatte … *Vielleicht ist er ein Drachentöter?*

Der Wyvern schlummerte unterdessen auf Lynns Schoß, nicht ahnend, dass er gerade das Gesprächsthema war. Friedlich und voller Vertrauen schlief er.

Douglas’ Körper zitterte wie vom Blitz getroffen. Denn auf einmal erinnerte er sich. Die Worte, die der Kommandant Rahal ständig wiederholt hatte! Auch an dem Tag, als Douglas die Hauptstadt verließ, hatte er sie gehört. Während der Ritterausbildung waren sie ihm ebenfalls wieder und wieder eingetrichtert worden: „Aus den Eiern, die aus guten inneren Energien entstanden, entwickeln sich gute Wyrms. Aus den Eiern, die aus bösen Energien stammen, bilden sich böse Wyrms. Außerdem gibt es auch noch die Wyrms ohne Zeichen." Diese mutierten später entweder zu guten oder zu bösen Wyrms.

In der Ritterausbildung hatte Rahal sie stets belehrt: „Am besten sollten sämtliche Wyrms vernichtet werden." Auch die Wyrms ohne Zeichen sollte man ohne Rücksicht töten, um dem Keim des Bösen in Vana'diel keine Chance zu geben. Immer wieder hatte der berühmte Drachentöter die künftigen Ritter ermahnt: „Sobald ihr einen Wyrm seht, tötet ihn auf der Stelle!"

Douglas blickte auf den Wyvern, der auf Lynns Schoß schlief. Seine Augen waren geschlossen. Wie ein braves Kätzchen lag er da.

Douglas spürte, wie ihm etwas eiskalt den Rücken hinunterlief.

Lynn hatte offenbar nichts von seinen Gedanken bemerkt. Sie hatte bereits zu erzählen begonnen, wie sie den Wyvern gefunden hatte.

KAPITEL · 4

Ihre Schritte hallten laut auf dem Boden aus grob behauenen Steinen. *So können sie mich leicht erwischen.* Lynn machte sich Sorgen, weil ihr Panzer klapperte und sie bei jeder Bewegung solchen Lärm verursachte – es war alles andere als eine Geheimaktion, was sie hier durchführten.

Ihre Freundin neben ihr hingegen machte kaum Geräusche, auch wenn sie auf demselben Boden lief wie Lynn.

Lynn ärgerte sich über ihre Ausrüstung mit Kettenhemd und Schienbeinpanzern aus hartem Leder. Obwohl es ihr wenig nützte, sich ausgerechnet jetzt darüber zu beklagen. Vielleicht war es doch zu leichtsinnig für nur eine Kriegerin und eine Jägerin, zu zweit in die Hauptsiedlung der Beastmen einzudringen.

Es hatte mit einem leichten, eher unbedeutenden Auftrag begonnen. Sie sollten Panzer-Würmer fangen, die als Schmarotzer auf den Panzern der Quadavs lebten. Die Quadavs waren Beastmen, die wie aufrecht stehende Schildkröten aussahen.

Um diesen Auftrag zu erledigen, brauchten sie nicht einmal gegen die Quadavs zu kämpfen, glaubte Lynn. Es würde wohl genügen, in ihre Siedlung einzubrechen und das Waffenlager zu durchstöbern.

Aber alles, was sie dabei erbeutet hatten, war ein Schlüsselbund, den ein Quadav beim Kämpfen hatte fallen lassen. Denn natürlich waren sie doch ertappt worden! Und dann hatten sie schleunigst fliehen müssen, da der Quadav seine Kameraden zu Hilfe gerufen hatte. Vor denen befanden sie sich jetzt gerade auf der Flucht.

„Schon wieder eine Kreuzung!", schimpfte Lynns Freundin Ticky, ein Mithra-Mädchen.

„In welche Richtung müssen wir laufen?"

Plötzlich legte Ticky den Zeigefinger auf ihren Mund. „Pst!" Lynn sollte still sein. Sie schwieg.

Ticky kniete sich hin und drückte ihr Ohr an den Boden. Mit geschlossenen Augen lauschte sie konzentriert.

Lynn versuchte, ihren Atem zu beruhigen. Am liebsten hätte sie ihn ganz angehalten, um ihre Freundin nicht zu stören. Aber da sie so heftig atmen musste, war das leider unmöglich.

„Einer, zwei … drei. Drei Quadavs sind hinter uns her, schätze ich. Aber sie scheinen Schwierigkeiten zu haben, uns zu folgen." Ticky hob ihr Gesicht und grinste schadenfroh. „Sie haben sich wohl verirrt."

Lynn und Ticky rannten gerade durch die Palborough-Minen, sie durchquerten oben das dritte Stockwerk.

In diesem Bergwerk war früher Mythril-Gestein abgebaut und in die Stadt Bastok transportiert worden. Doch heute diente die Mine dem Stamm der Quadavs als Hauptquartier.

Dennoch gab es hier im dritten Stockwerk immer noch Spuren von damals zu sehen. Hier hatten sich offenbar nicht nur einfache Gänge, sondern auch Unterkünfte für Minenarbeiter, Hume und Galkas, befunden. Boden und Wände bestanden seit Kurzem aus sorgfältig behauenen und polierten Steinen. Hier und da lagen noch Werkzeuge herum, die wahrscheinlich zur Steinbearbeitung verwendet worden waren.

Lynn hatte den Eindruck, sich eher in einem Schloss als in einer Mine aufzuhalten. Oder in einem unterirdischen Labyrinth. Obwohl sie beides nur vom Hörensagen kannte.

„Lass uns noch ein bisschen geradeaus laufen, ja?“, fragte Ticky.

Lynn nickte zustimmend.

Die beiden Mädchen flitzten los.

Jede Ecke der Kreuzung war mit einer Handlaterne beleuchtet. Trotzdem wurde es nicht sonderlich hell. Für Beastmen war das kein Problem, da sie auch in der Dunkelheit gut sehen konnten. Lynn allerdings war schon öfters gestolpert.

Nachdem sie einige weitere Kreuzungen bewältigt hatten, stießen sie plötzlich wieder auf einen Minengang.

Hier bestanden die Wände aus rohem Stein, und das Pflaster am Boden verschwand.

„Oh nein! Das ist ja vielleicht blöd!“, ärgerte sich Ticky und blieb stehen.

„Wahrscheinlich sind wir falsch, oder?“, fragte Lynn

„Hm! Wir hätten vielleicht bei der letzten Kreuzung abbiegen müssen. Ich gehe mal schnell nachsehen. Warte hier!“ Flink lief Ticky zurück.

Lynn blieb alleine zurück. Es kam ihr so vor, als ob es plötzlich noch dunkler werden würde.

Die Decke im Minengang war niedrig wie in einer Höhle. So wie es aussah, schien der Gang gleich nach rechts abzubiegen. Aus dieser Richtung kam nämlich ein schwaches, bläuliches Licht.

*Bläuliches Licht?* Lynn wunderte sich. Auch wenn sie später darüber gegrübelt hatte: Sie wusste selber nicht, warum sie so etwas Unvernünftiges gewagt hatte. Es konnte nur an ihrer Neugier liegen.

Nach einem kurzen Moment des Zögerns, murmelte sie leise vor sich hin: „Ich komme gleich zurück … ja?“ Obwohl keiner da war außer ihr, hinterließ sie diese Botschaft und lief los. Langsam und vorsichtig bog sie um die Kurve. Als sie noch etwas weiter gelaufen war, breitete sich plötzlich Nebel aus. Nein! Kein Nebel, eher Dampf! Obwohl es gegen Ende des Winters war, wurde es plötzlich angenehm warm.

Nach einer Weile gelangte sie in einen runden Raum mit einem Kuppeldach. Ein Raum, der wie eine umgekippte Schale geformt war.

Der weiße Dampf reichte ihr inzwischen fast bis zur Hüfte.

„Was ist das hier?“, staunte sie laut.

An der Wand hing eine Laterne, die ein bläuliches Licht verströmte.

Als sie darauf zuging, spürte Lynn die sanfte Wärme dieses Lichtes.

Normalerweise brannte in einer Laterne ein ölgetränkter Docht. Doch das hier war kein normales Feuer. Etwas anderes strahlte das Licht aus.

„Ein Kristall?“, murmelte sie unwillkürlich.

Die angenehme Temperatur, die hier herrschte, war wohl auf dieses Licht zurückzuführen.

Lynn schaute sich um, aber neben dem in Hüfthöhe schwebendem Dampf war nichts Besonderes zu sehen.

In diesem Moment fuhr ein Windstoß durch den Raum.

Der Dampf wurde weggeblasen, und plötzlich erkannte Lynn, was sich in dem Raum befand: An der Wand entlang hing eine bankförmige Erhöhung aus Stein angebracht. Darin gab es Mulden, und in diesen Mulden lagen Eier! Sehr viele Eier! Eines nach dem anderen feinsäuberlich aufgereiht.

„Was ist das?“, wollte Lynn rufen, doch es gelang ihr gerade noch, sich zu beherrschen.

Die Eier waren etwa so groß wie Lynns Kopf und schwarz-weiß gesprenkelt. Alle sahen gleich aus.

„Quadav-Eier?“ Dann wäre es am besten, sie gleich zu vernichten, überlegte Lynn. Denn der Kampf zwi-

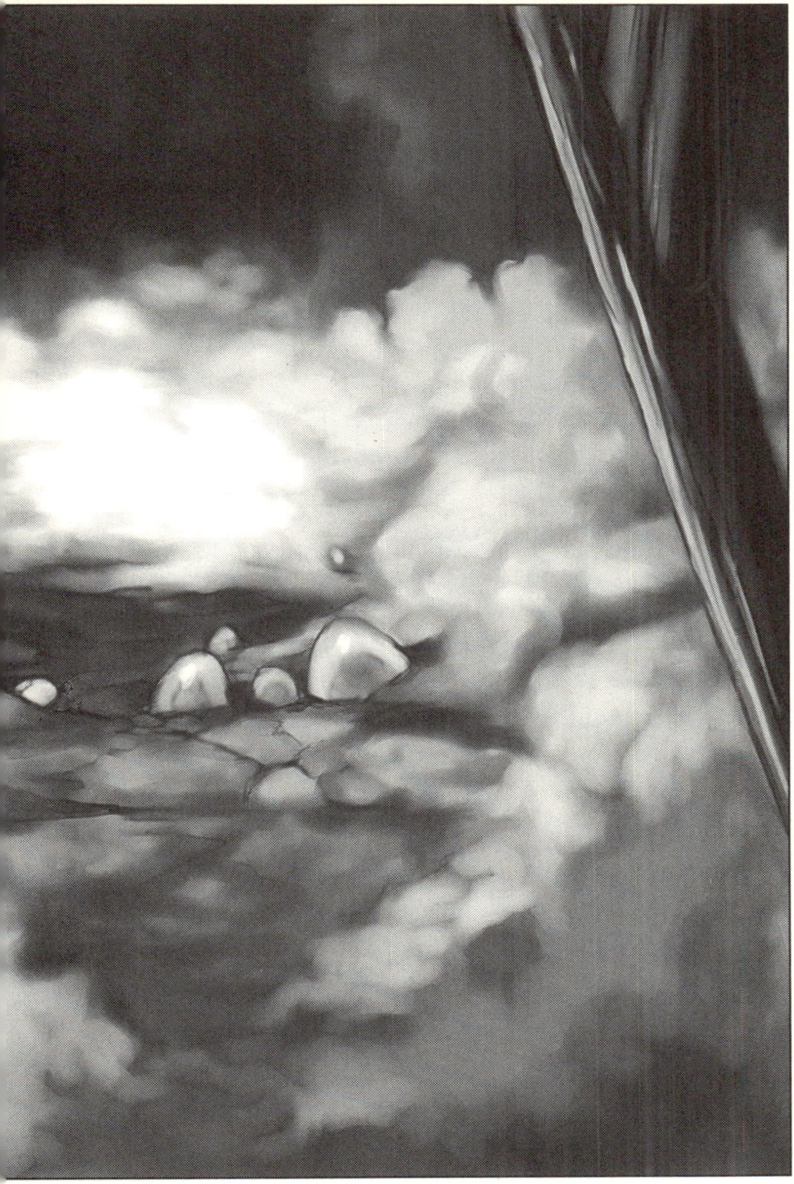

schen den Beastmen und dem Volk von Altana würde wohl niemals enden. Auch gerade jetzt wurde mit Sicherheit irgendwo gekämpft.

Es waren bloß Eier. Sie konnten nicht zurückschlagen.

Wenn sie ihr Schwert zog und einen einzigen sauberen Streich ausführte, wären auf einmal sämtliche Eier zerstört, die jetzt vor ihr lagen.

Würde aus all diesen Eiern eines Tages ein Quadav schlüpfen und aufwachsen, wäre das furchtbar.

Lynn umklammerte unbewusst den Griff ihres Schwertes an ihrer Hüfte. Sie wollte es aus der Scheide ziehen. Aber sie konnte nicht. *Du solltest sie zerstören!*, befahl ihr die Stimme der Vernunft. Das musste richtig sein. Aber die Atmosphäre in diesem Raum hielt Lynn zurück. *Hier herrscht … irgendeine … sonderbare Stimmung.* Lynn kniff ihre Lippen fest zusammen.

*Klick.* Ein leises Geräusch ertönte.

Lynn erschrak. Dann strengte sie ihre Augen an. Denn das Geräusch stammte von dem Ei, das ganz rechts von ihr lag. Sie starrte es an.

*Klick!* Erneut kroch dieses leise klopfende Geräusch aus dem Inneren des Eis.

Die anderen Eier blieben still. Nur dieses nicht.

Der Grund dafür offenbarte sich bald. Aus einem kleinen Loch lugte ein kleiner Schnabel. Danach ging es sehr schnell. Das Ei schaukelte ein bisschen hin und her, ein Riss entstand, dann brach es mitten durch in zwei Teile.

Zwischen den Schalen hockte eingerollt ein kleines Lebewesen. Die noch nassen, zusammengefalteten Flügel klebten an seinem schuppigen Körper. Der kauerte sich, sichtlich beengt von der Schale, zusammen.

Das Wesen piepste schwach. Es reckte seinen dünnen Hals in die Höhe und drehte ihn nach links und rechts, als suchte es etwas.

*Das ist kein Quadav!* Es glich eher – mit ein bisschen Vorstellungskraft – einer Eidechse. Schritte waren zu hören.

Lynn zuckte zusammen. Das war nicht Ticky. Sie würde niemals so laut laufen.

Wieder breitete sich der Dampf im Raum aus.

Lynns Blick traf sich mit dem dieses kleinen, piepsenden Tieres. Mit seinen noch trüben Augen schaute es direkt Lynn an. So zumindest kam es ihr vor. Auf einmal empfand sie eine starke Zuneigung zu diesem Wesen. Schnell versteckte sie sich hinter einem Felsbrocken, der in der Ecke des Raums lag.

Der Quadav war wütend. Schon seit einem Monat war er wütend. *Warum müssen ausgerechnet wir Quadavs uns um diese Dinger kümmern? Warum machen „die" das nicht selber?*, fragte er sich immer wieder. Deshalb war er wütend. Nein, sogar stocksauer.

Dieser Raum besaß eine wichtige Bedeutung für seinen Stamm. Nach unendlichen Mühen war es ihnen schließlich gelungen, ihn mitsamt der ganzen Mine vom Volk von Altana zurückzuerobern!

Und er musste zugeben, dass *sie* diesen Ort sinnvoll nutzten. In dieser Hinsicht erwiesen *sie* sich als doppelt so gut – oder sogar viermal so gut wie die Altana-Leute. Vielleicht sogar achtmal so gut? Oder noch mehr? Egal! Auf jeden Fall waren *sie* viel, viel, viel besser!

Die Altana-Typen hatten hier nur irgendwelche Steine abgebaut. Die Höhlenwände, die früher aus rohem Stein bestanden, hatten sie überflüssigerweise mit behauenen Steinen bedeckt. Was für ein Blödsinn! Hier war kein Ort für Verzierungen.

*Warum sind bloß alle außer den Quadavs solche Vollidioten?!* Darüber wunderte er sich die ganze Zeit. Aber laut sagte er es lieber nicht. Dafür war ihm sein Leben zu kostbar.

Als er auf dem Gang nach rechts eingebogen war, bemerkte er, dass etwas nicht stimmte. Da hinten war etwas zu hören. Ein leises Piepsen.

Das durfte doch nicht wahr sein! Es hieß, es würde noch eine Weile dauern, bis es soweit war. Er rannte zu dem Raum.

Drinnen hing warmer, dichter Dampf. Das störte ihn nicht, das musste so sein. Wärme und Feuchtigkeit. Das brauchten die Eier.

Bis er den Raum betreten hatte, versuchte er, sich immer noch einzureden, dass nichts Schlimmes passiert war.

Als er sich aber der Steinbank näherte, bemerkte er, dass rechts außen ein Ei zerbrochen war. Daneben bewegte sich etwas. Es war schon geschlüpft! Das konnte nicht wahr sein!

Er packte das Etwas. Er schaute hinter die armseligen Flügel, überprüfte es von allen Seiten, und zum Schluss drehte er es sogar um. *Nein!*, dachte er. Das war etwas anderes. Es sah nur so ähnlich aus. *Deshalb* war es früher geschlüpft.

Er hatte ein falsches Ei hierher gebracht! Kein Wunder, sie sahen ja alle gleich aus! Aber dieses kleine Ding hier war nicht das, was er erwartet hatte. Deshalb war es früher ausgeschlüpft. Er hatte einen Fehler gemacht.

Wenn das herauskam, würde er Probleme kriegen. Ziemliche Probleme.

Er hatte keine andere Wahl. Er musste es töten. Schnell und beherrscht traf er diese Entscheidung. Er drückte ihm den Hals zusammen.

Es flatterte heftig.

Da packte er es mit einer Hand um die Flügel. Mit der anderen konnte er ihm dann den Hals umdrehen. Das würde ganz leicht gehen. Damit wäre das Problem ein für alle Mal aus der Welt geschafft. *Also bringen wir's hinter uns!*

Das Piepsen schwoll zu einem Kreischen an.

Er drückte mit beiden Händen zu.

Warum sie so etwas Unbesonnenes getan hatte, konnte sie sich später selbst nicht erklären. Vielleicht würde sie es ihr ganzes Leben lang nicht wissen. Ihr Körper bewegte sich plötzlich. Sie sprang hinter dem schützenden Felsen hervor und warf sich mit ganzer Kraft gegen den Quadav.

Der starrte sie mit weit aufgerissenen Augen an.

Der Boden in dem Raum war feucht und rutschig.

Der Quadav wurde so überrascht von dem plötzlichen Überfall, dass er das Tier in seinen Händen fallen ließ.

Es segelte durch die Luft, dann prallte es auf den Boden.

Lynn schnellte hastig vor, hob es auf und rannte den Weg, den sie gekommen war, wieder zurück.

„Grrrr!“, brüllte der Quadav hinter ihr.

„Lynn! Hey, Lynn! Wo bist du denn!?“, hörte sie gleich darauf die Stimme ihrer Freundin.

„Ticky!“, antwortete sie. Was für ein Glück! Sie würde Ticky an der Kreuzung treffen, wo sie sich getrennt hatten.

Als Lynn sie fast über den Haufen rannte, war Ticky für einen Moment etwas irritiert. Aber gleich breitete sich ein Grinsen auf ihrem Gesicht aus: „Ich habe eine kleine Überraschung vorbereitet“, sagte sie.

„Eine Überraschung?“

„Genau!“

Im nächsten Moment bebte die ganze Mine.

Ein gedämpftes Explosionsgeräusch ertönte. Der Untergrund schwankte unter ihren Füßen.

Lynn verlor den Halt, rutschte aus und landete unsanft auf dem Boden. Das tat weh.

Steine stürzten von der Decke.

Sie warf sich über das winzige Lebewesen in ihren Armen, damit es nicht verletzt wurde. Nur kleine Splitter trafen sie, zum Glück nichts Größeres. „Was … was hast du denn gemacht!?“

„Hm. Vielleicht habe ich ein bisschen viel Pulver genommen. Tut mir leid!“

Lynn wurde blass: „Wie bitte? Pulver!?“

„Na ja! Ich weiß auch nicht, jedenfalls lagen ein paar Säcke davon herum. Die habe ich einfach angezündet“, berichtete Ticky gelassen.

Lynn verschlug es die Sprache.

„Jetzt aber schnell! Hauen wir ab, solange sie in Panik sind!“, brüllte Ticky und spurtete los.

Lynn folgte ihr eilig.

In den Palborough-Minen herrschte absolutes Chaos.

Zum Glück war ihr Fluchtweg offen geblieben. Nirgendwo war die Decke eingestürzt, und auch der Aufzug funktionierte einwandfrei.

Die Quadavs waren völlig kopflos, sodass sie die beiden nicht einmal bemerkten, obwohl sie direkt an ihnen vorbeiliefen.

Kein einziges Mal mussten Lynn und Ticky zur Waffe greifen, bis sie die Mine endlich verlassen hatten und das Ödland von Gustaberg erreichten.

+ + +

Verdutzt schaute er sich um. Eine Göre mit rot-blondem Haar! Da er in der Dunkelheit gut sah, konnte er alles genau erkennen. Aus dem Schatten eines Felsen stürzte sie sich plötzlich auf ihn, warf ihn um und rannte weg.

Er war fassungslos. Aber was ihn am meisten ärgerte, war die Tatsache, dass sie das Ding, das er gerade umbringen wollte, mitgenommen hatte. Natürlich wollte er ihr gleich hinterher.

Doch in diesem Moment kam das Beben. Boden und Wände wackelten so heftig, dass er fast hingefallen wäre. Er überlegte, ob es ein Erdbeben war. Obwohl er noch keines erlebt hatte, seitdem er hier in Palborough lebte. Nach einer Weile bemerkte er es. Zwar wollte er es nicht wahrhaben, aber schließlich ließ es sich nicht mehr übersehen. Der Dampf war weg.

Er drehte sich um. Und dann sah er genau das, was er befürchtet hatte: Die Eier, die auf der Steinbank gelegen hatten, waren alle heruntergefallen und kaputt.

„Wie viele sind übrig geblieben?“, ertönte plötzlich eine eiskalte Stimme, die sein Blut gefrieren ließ.

Als er sich umdrehte sah er den *Mann* vor sich stehen. Das war einer von *ihnen*.

Der *Mann* verzog keine Miene. Vollkommen reglos wiederholte er die Frage: „Wie viele sind übrig geblieben?“.

„Gar … keines. Sie sind … alle … kaputt“, presste der Quadav aus seinem staubtrockenen Hals.

Der *Mann* seufzte. „Ausgerechnet jetzt! Wo der ‚Große Tag‘ vor uns liegt.“ Ihm schienen die kaputten Eier an sich gleichgültig zu sein.

Was der Quadav überhaupt nicht nachvollziehen konnte. Wären es Quadav-Eier gewesen – nur, wenn er daran dachte, brach es ihm fast das Herz.

Zum Glück lagen ihre Eier aber woanders.

„Hast du erkannt, wer der Eindringling war?“

„Äh … ja.“

„Beschreib ihn mir! Du musst den Schaden ersetzen. Als Opfer für den ‚Großen Tag‘.“

„Verstehe!“ Er fühlte sich erleichtert. Wahrscheinlich würde er mit einem blauen Auge davonkommen, dachte er. Deshalb wurde er sogleich gesprächiger. Detailliert berichtete er, wie dieses Hume-Mädchen ausgesehen hatte. Auch dass es das Vieh gestohlen hatte, das früher als erwartet ausgeschlüpft war, verschwieg er nicht.

Er sah, dass die Aufmerksamkeit des *Mannes* plötzlich geweckt war. „Hast du das ‚Zeichen‘ gesehen?“

„Das ‚Zeichen‘? Nein, habe ich nicht. Es hat nur gepiepst.“

In der Dunkelheit spiegelten die Augen des *Mannes* das Licht der Laterne wider. Seine schmalen, senkrecht stehenden Pupillen verengten sich – er hatte Augen wie eine Schlange oder Eidechse. „Interessant!“, war alles, was er darauf entgegnete.

Das blieb das letzte Wort, das der Quadav in seinem Leben hörte.

„Egal! Wir wollten hier sowieso langsam verschwinden.“

Zu Füßen des *Mannes* lag die Leiche eines nutzlosen Quadavs mit umgedrehtem Hals und abgerissenem Kopf.

+ + +

Tief in den Palborough-Minen, als die Panik gerade ihren Höhepunkt erreichte, begann die Zeremonie „Sprössling des Jahres.“

Die *Frau* trug den *Sprössling*, der im Herbst geboren worden war, im Arm.

„Gut“, urteilte der *Mann*. Vier schattenhafte Gestalten befanden sich in dem Raum. Drei davon hatten senkrecht stehende, schmale Pupillen: zwei *Männer* und eine *Frau*.

Unbeeindruckt von der Panik in der Mine wollten sie die Zeremonie durchführen. Es war ohnehin bereits beschlossen, diesen Ort zu verlassen. Davor wollten sie noch eine kleine Erinnerung zurücklassen.

Mitten in dem düsteren Raum stand ein großer Tisch. Darauf lag der Vierte. Er war an Händen und Füßen gefesselt.

„Wartet! Was habt ihr mit mir vor!?“ Es war ein Mann mit langen Ohren und langem Hals. Er hatte zwar eine Rüstung getragen, doch die lag jetzt auf dem Boden. Für die Zeremonie hatten *sie* sie ihm ausgezogen.

„Du bist gleich wieder frei. Am Anfang ist es auch gar nicht so schlimm – solange du dein Bewusstsein nicht verlierst.“

„Was macht ihr mit mir!? Und was wollt ihr mit *dem* da?“

Offensichtlich hatte das Langohr immer noch nicht begriffen.

Aber dem *Mann* machte das nichts aus.

Er fragte die *Frau,* die den *Sprössling* im Arm trug: „Ist alles in Ordnung?“

„Ja!“, nickte sie. „Dieser *Sprössling* ist intelligent. Er versteht schon recht genau, was er zu tun hat.“

„Gut. Dann fang an!“, befahl der *Mann* kalt und verließ den Raum. Es war nicht nötig, weiter zuzusehen. Er war sicher, dass seine Befehle exakt ausgeführt werden würden.

„Nein! Bitte nicht! Warum nehmt ihr ausgerechnet mich?“, zeterte der gefesselte Mann.

Die *Frau* lächelte spöttisch, indem sie ihre roten Lippen nach oben zog: „Ach, das ist nur …, weil du gerade da warst …“ Sie zückte einen Dolch.

Der Mann schrie auf vor Entsetzen.

Die *Frau* legte die Spitze des Dolches an seine Kehle. Dann schlitzte sie blitzschnell den Kittel des Mannes nach unten auf und entblößte seine breite Brust. „Du kleiner Dieb, der es nicht mal zum Abenteurer gebracht hat. Ganz allein bist du hier eingebrochen. Aber gerade deswegen bist du so gut dafür geeignet…“, flüsterte sie, während sie sich über ihn beugte.

Er spürte ihren heißen Atem.

Ihre lange Zunge streckte sich aus dem Mund und leckte über seine Brust. Sie fuhr fort: „„… diesen kostbaren *Sprössling* aufzuziehen.“ Ihre roten Lippen lächelten teuflisch. Sie legte den *Sprössling* auf die Brust des Mannes.

Er wand sich. Wie eine Eidechse mit Flügeln sah er aus. Er schmiegte seinen kühlen, schuppigen Körper an die Haut des Mannes.

Dem standen vor Entsetzen sämtliche Haare zu Berge.

Aber das war erst der Anfang der Zeremonie.

Der *Mann*, der im Raum geblieben war, und die *Frau* fingen nun an, die Fluchworte zu sprechen.

Während sie rezitierten, begann es.

Am Anfang waren es nur die Vorderbeine. Mit einem

saugenden Geräusch versanken sie langsam im Bauch des gefesselten Mannes.

Der schrie wie von Sinnen. Er versuchte, sich los zu machen. Die eisernen Ketten, die seine Arme und Beine an den Tisch fesselten, klirrten laut. Aber sie waren so stark, dass er keine Chance hatte.

Die Vorderbeine sanken ungefähr bis zur Hälfte in seinen Körper.

Der Mann wurde fast verrückt.

Er spürte, wie etwas Fremdes, etwas, das nicht zu ihm gehörte, Besitz von ihm ergreifen wollte. Aber er fiel nicht in Ohnmacht. Er musste alles miterleben. Das war das Schlimmste.

Er spürte, dass durch die Vorderbeine, die in ihm steckten, eine innere Energie in ihn hineinströmte. Eine kalte, bösartige, schreckliche Energie. Er hatte das Gefühl, dass sie das Zentrum seines Gehirns lähmte.

Die Stimmen des *Mannes* und der *Frau* wurden höher.

Schließlich versanken auch der Kopf mit der langen Schnauze, die Hinterbeine, der lange Schwanz – der ganze *Sprössling* versank im Körper des Mannes.

Schließlich war es zu Ende. Der *Sprössling* und er – sie waren verschmolzen und eins geworden.

Der *Mann* und die *Frau* lächelten spöttisch.

„Nein! Nicht! Hört doch auf!“ Sein Geschrei hallte bis zur letzten Ecke der Mine. Sogar die Quadavs, die immer noch in Panik herumwuselten, erstarrten und lauschten erschrocken in die Dunkelheit.

+ + +

Die zweite Nacht, seit sie auf dem Ödland von Gustaberg Zuflucht gefunden hatten, brach an.

„Hast du gerade auch etwas gehört?“, fragte Lynn Ticky, die vor ihr saß, während Lynn sich bemühte, das Lagerfeuer anzuzünden.

„Was soll ich denn gehört haben?“

„Ein Geräusch wie Flügelflattern.“

Ticky verneinte und schüttelte den Kopf.

„Nein. Nichts gehört. Mach dir keine Sorgen! Wir werden schon nicht verfolgt. Nicht wahr, mein Kleiner?“

Ein ärgerliches Fauchen echote von unten zurück.

„Was hast du denn?“

„Ich glaube, er mag es nicht, ‚Kleiner‘ genannt zu werden.“ Lynn hob das Tier hoch. Es schmiegte sich an ihre Brust, schloss halb die Augen und schnurrte leise.

„Sieh an! Der ist ja schon richtig zahm geworden.“

„Ich denke, er hält mich für seine Mutter.“

„Mutter? Hm … was für ein Tier ist das überhaupt?“

Jedenfalls war das Wesen inzwischen viel stärker geworden: Seine blauen Schuppen glänzten, und mit seinen Flügeln, die es gerade an den Körper gezogen hatte, konnte es immerhin schon herumflattern.

*Damals sah er so schwach aus, dass ich dachte, er würde bald sterben*, dachte Ticky.

„Ich vermute, es ist ein Wyrm", antwortete Lynn auf Tickys Frage.

„Wie bitte? Ein Wyrm? Meinst du das im Ernst?"

„Ja."

An seinem eidechsenähnlichen Körper befanden sich zwei Flügel. Solche Lebewesen gab es in Vana'diel sonst nicht. Es konnte sich also nur um einen Wyrm handeln.

„Ich habe gehört, dass die Wyrms von den Dragoons wieder zum Leben erweckt wurden", erzählte Lynn.

„Hm. Aber was hatte der dann bei den Quadavs zu suchen?"

„Das weiß ich auch nicht." Lynn stockte. Dass sie es nicht wusste, war zwar richtig, aber es gab auch etwas, was sie ihrer Freundin verschwieg. In dem Raum, wo sie den Wyrm gefunden hatte, hatte es noch viel mehr Eier gegeben. Alle ähnelten sich. Sie war nicht sicher, ob das alles Wyrm-Eier waren. Aber falls dies zutraf, warum hatten die Quadavs sie dort gesammelt? Darüber hatte Lynn mit Ticky noch nicht gesprochen.

Ticky glaubte wahrscheinlich, dass sie dieses Baby einfach nur zufällig gefunden und mitgenommen hatte.

Lynn konnte einfach nicht darüber reden. Etwas Schweres lastete auf ihrem Herzen und hinderte sie daran.

Das Wesen in ihrem Arm fiepte und Lynn senkte den Kopf.

Mit einem liebevollen Blick schien es sich zu erkundigen, was denn los wäre.

Dieser Blick erleichterte Lynns Gemüt.

„Tja! Wenn es ein Wyrm ist, dann bist du eine Dragoon geworden, Lynn!"

„Hör bloß auf! Du kannst dich nicht gleich ‚Dragoon' schimpfen, bloß, weil du einen Wyrm mit dir herumträgst", wischte Lynn lächelnd den Kommentar ihrer Freundin mit einer Handbewegung weg.

„Sei nicht so bescheiden! Wer wagt, gewinnt!", witzelte die Jägerin, die besonders geschickt war, wenn es darum ging, Schlösser zu öffnen.

Lynn konnte ihr Lachen nicht unterdrücken.

Im Feuer knackte ein Scheit. Endlich brannte es ordentlich.

Schon zwei Tage waren verstrichen, seit Lynn und Ticky aus den Palborough-Minen geflohen waren.

Die Mädchen hatten nicht bemerkt, dass ein Augenpaar sie die ganze Zeit über beobachtete.

+ + +

Als Sie den Zegham-Hügel hinter sich gebracht hatten, entdeckten sie das Stadttor von Bastok vor sich. Es war am Ende eines Tunnels errichtet, der durch einen Berg in die Stadt führte. Lynn und Ticky atmeten auf, weil sie endlich das Gefühl bekamen, wieder heimzukehren.

Zu beiden Seiten des Tores stand jeweils ein riesiger Galka als Wächter.

Die beiden holten ihre Signets hervor, zeigten sie den Wachen und wollten wie gewohnt das Tor durchqueren. Das Signet war ein kleines Kristallstück, das als Nachweis für ihre Identität als Abenteurer diente.

Die beiden Mädchen trugen es an einer silbernen Kette um den Hals.

Normalerweise ließen die Wächter sie sofort passieren, nachdem sie nur einen kurzen Blick darauf geworfen hatten. Aber dieses Mal war es anders.

„Hey, halt!“, rief einer der Wächter. „Das darfst du nicht mit in die Stadt nehmen!“, wies er sie an, während er auf Lynn zeigte. Genauer gesagt auf den Wyrm, der auf ihrer Schulter hockte.

„Bitte? Aber …“, stotterte Lynn, weil sie damit nicht gerechnet hatte.

„Kein ‚aber‘! Solche Tiere dürfen nicht in die Stadt!“, beharrte der Wächter mit strenger Miene.

Lynn erinnerte sich: Nachdem sie ihre Heimat verlassen hatte und zum ersten Mal nach Bastok gekommen war, wurde ihr bei der Ausstellung des Signets mitgeteilt, dass sie ohne Sondererlaubnis keine Tiere aus dem Ödland mit in die Stadt bringen durfte.

Damals war dieses Verbot allerdings nur für Raubtierbändiger gedacht. Denn niemand wäre auf die Idee gekommen, dass einmal wieder Dragoons oder Beschwörer auftauchen könnten.

Auch Lynn hätte es sich nie träumen lassen, einmal in Begleitung eines Wyrms unterwegs zu sein. Daher hatte sie dieses Verbot völlig vergessen.

„Gesetz ist Gesetz! Das Tier bleibt draußen!“

*Das geht nicht!* „Aber es ist gerade erst geboren!“

„Was interessiert mich das! Gesetz ist Gesetz!“, wiederholte der Wächter, der offenbar ein wenig borniert war.

Lynn fühlte sich ratlos. Konnte sie ein neugeborenes Wyrmbaby wirklich allein vor den Toren der Stadt zurücklassen? Würde es etwas zu fressen finden? Konnte es sich gegen die wilden Tiere auf dem Ödland verteidigen?

Außerdem fragte sie sich, ob das Baby sie wohl während ihrer Trennung vergessen würde, auch wenn diese nur kurz wäre. Davor hatte sie wohl am meisten Angst.

Ohne zu wissen, dass es gerade um ihn ging, piepste der Wyrm und guckte sie mit großen Augen vertrauensvoll an.

„Was ist denn hier los?“

Als sie plötzlich von hinten angesprochen wurden, zuckte Lynn zusammen.

Sie drehte sich um und sah einen Hume-Krieger im besten Mannesalter vor sich stehen. Er trug einen blendend weißen Harnisch. Außerdem wurde er von einem Wyrm begleitet, der hinter ihm herflog.

„Warte hier, Lady!"

Der Wyrm namens „Lady" landete sanft neben dem Tor. In einer anmutigen Haltung mit geradem Rücken und schön zusammengestellten Beinen blieb er sitzen und bewegte sich keinen Millimeter. Er wirkte wie eine Statue, die zu Dekorationszwecken neben dem Tor errichtet worden war.

„Hui! Dein Wyrm ist aber ganz schön schlau!"

„Also Ticky! Benimm dich doch etwas höflicher!"

„Warum?"

„Äh … frag nicht *warum*!"

Der Mann lachte über den Wortwechsel der beiden Freundinnen, dann zeigte er dem Wächter sein Signet.

Der ließ ihn sogleich passieren: „Bitte schön."

„Wollt ihr nicht mitkommen?", fragte er Lynn und Ticky.

„Äh … Entschuldigt?"

Wahrscheinlich hatte sie ihm allzu bittende Blicke zugeworfen, dachte Lynn. „Verzeiht! Seid Ihr vielleicht ein … Dragoon?"

„Ja. Die Leute nennen mich so. Du bist auch eine, oder?" Er lächelte Lynn an, und sein bärtiges Gesicht entspannte sich. Er warf einen Blick auf den Wyrm auf Lynns Schulter. „Er ist gerade erst geboren, oder?"

„Woher wisst Ihr das?"

„Natürlich weiß ich das. Schließlich habe ich meinen eigenen selbst ausgebrütet.“

Sein Wyrm, der still dasaß, blickte zu dem Mann auf. Er neigte seinen Kopf etwas zur Seite, als wollte er fragen: *Womit kann ich dienen?*

„Alles in Ordnung, Lady!“, beruhigte er ihn. Dann wandte er sich wieder Lynn zu. „Wyrms werden im Nu groß. Besonders die Wyvern wachsen am Anfang sehr schnell. Aber wenn sie einmal so sind wie meiner, dann sollten sie nicht mehr größer werden.“

„Wyvern …? Ist mein Wyrm also auch ein Wyvern?“

„Was … Wie bitte?“ Der Mann wunderte sich.

„Ähm … Wäre es in Ordnung, wenn ich ihn hier draußen allein ließe?“

Endlich schien der Mann zu begreifen, dass Lynn keine Ahnung von Wyrms hatte.

„Es wäre traurig, wenn du deinen Wyvern immer *wegschicken* und dort einsperren müsstest, oder?“

Lynn wusste nicht, wovon er redete. Unsicher blickte sie zu ihm auf. Dieser Mann schien ein erfahrener Dragoon zu sein. Sie hingegen hatte nicht den blassesten Schimmer von Wyrms.

„Hm. Offenbar weißt du nicht einmal das. Was machen wir jetzt?“ Der Dragoon kratzte sich am Hinterkopf.

„Tja!“

Er stieß einen Seufzer aus, dann rief er seinen Wyrm zu sich.

Der watschelte zu ihm hin. Offenbar war Gehen nicht die Stärke von Wyrms.

Was würde jetzt geschehen? Sowohl Ticky als auch die zwei Wächter starrten gespannt auf Lynn und den Mann.

Der Dragoon erklärte Lynn in aller Ruhe: „Wenn man mit einen Wyrm einen Pakt geschlossen hat, kann man sich immer mit ihm verständigen. Dann ist man auch in der Lage, obwohl man es nie gelernt hat, das *Herbeirufen* und das *Wegschicken* auszuführen. Du hast aber noch keinen Pakt mit diesem Wyrm geschlossen, stimmt's?“

„Nein, noch nicht.“ Lynn hatte zwar keine Ahnung, was für ein „Pakt“ gemeint war, aber wenn sie es nicht wusste, bedeutete das wohl, dass sie ihn noch nicht geschlossen hatte.

„Gut. Damit musst du anfangen.“ Der Dragoon zog seinen Dolch, den er an der Hüfte trug, und forderte Lynn auf: „Streck deine Hand aus, Handfläche nach oben – nein, die linke, die näher zum Herzen ist!“

Als Lynn ihm ihre linke Handfläche hinstreckte, legte er die Schneide seines Dolches darauf.

Entsetzt schrie Ticky auf – doch schon zog der Mann die Klinge über die Handfläche und ritzte sie leicht.

Eine feine Linie zeichnete sich ab. Langsam quoll rotes Blut heraus.

Dann nahm der Mann Lynns Wyvern. Mit einer Hand

packte er den heftig protestierenden Wyrm und setzte mit der anderen den Dolch an den Flügelansatz.

Jetzt war Lynn entsetzt, sodass sie fast aufkreischen wollte.

Doch der Mann hielt sie mit seinem Blick zurück: „Du, als seine Herrin, solltest niemals in Panik geraten. Sonst bekommt er Angst!“

Seine Ermahnung brachte Lynn wieder zu sich. Sie schluckte.

Währenddessen drückte er mit seinem Dolch leicht zu.

Der Wyrm quietschte.

Als Lynn das hörte, pochte ihr Herz. Unwillkürlich ballte sie die Hand, die geschnitten worden war, zur Faust – es tat weh.

„Nimm ihn wieder!“, sagte der Dragoon und gab ihr den Wyrm.

Lynn umarmte ihn, der sich vor Angst eng zusammenzog. Er hatte jetzt einen feinen Schnitt am Flügelansatz, aus dem blaues Blut sickerte.

„Drücke deine linke Handfläche an seine Wunde! Muss nicht fest sein – ganz sanft“, sagte der Dragoon, während er seinen Dolch wieder in die Scheide steckte. Der strenge Tonfall war aus seiner Stimme gewichen.

Als Lynn zu ihm aufguckte, merkte sie, dass sein Blick sehr sanft geworden war. Er erinnerte sie an den ihres Vaters. „Ja“, antwortete sie und drückte ihre Handfläche gegen die Wunde des Wyrms, wie er es verlangt hatte.

Das rote Blut des Hume-Mädchens und das blaue Blut des Baby-Wyrms vermischten sich.

*Heiß!* Ihr Herz pochte heftig. Das Blut des Wyrms, von dem nur ein paar Tropfen in sie hineinflossen, empfand sie als sehr heiß.

„Ein Dragoon und ein Wyrm, die den Pakt geschlossen haben, sind im tiefsten Herzen miteinander verbunden. Du musst nun immer versuchen, auf die Stimme deines Herzens zu hören!"

„Die Stimme meines Herzens ...?", wiederholte Lynn. Die Hitze auf ihrer Handfläche ebbte ab. Die winzige Schnittstelle hatte sich bereits geschlossen.

„Dieser Wyrm hat jetzt einen Ort, an den er immer zurückkehren kann. In dein Herz. Wenn du ihn wegschicken musst, dann nur in die Mitte deines Herzens. Dieses Bild musst du dir vorstellen", erklärte der Dragoon und streichelte den Kopf seines Wyverns sanft.

„Komm, Lady! Zeigen wir das dem Fräulein einmal. Bist du bereit?"

Der Wyrm kauerte sich zusammen, fuhr seinen Schwanz ein. Dann schloss er seine Augen.

Der Mann zog eine Hand zu seiner Brust, als wollte er jemanden zu sich winken.

„Was ...?" Ticky konnte ihr Staunen nicht länger unterdrücken.

Denn der Umriss des Wyrms verschwamm plötzlich. Erst schien seine Gestalt zu flimmern, dann schwankte sie leicht hin und her, und dann – schneller als man einatmen konnte – verschwand der blaue Körper ohne jede Spur.

„Das war das *Wegschicken*“, erläuterte der Dragoon und streckte Lynn die Hand entgegen, die er zu seiner Brust gezogen hatte.

Er öffnete sie. Eine durchsichtige Kugel lag darauf.

In dieser Kugel sah sie den Wyrm in zusammengerollter Haltung schlafen.

„Wirkt ein bisschen eng da drin, oder?“, sagte er.

Da hob der Wyrm sein Gesicht. Tatsächlich machte er einen etwas unzufriedenen Eindruck.

„Wenn du um deinen kleinen Wyrm besorgt bist, ist es am besten, du schickst ihn auf diese Art und Weise *weg*. So kannst du immer mit ihm zusammen sein. Allerdings …“ Der Dragoon schwieg einen Moment und schaute Lynn direkt in die Augen. „Wenn der Wyrm weggeschickt wurde und der Dragoon währenddessen getötet wird, dann bleibt der Wyrm für ewig dort.“

Als Lynn den Sinn dieser Worte aufnahm, schrak sie instinktiv davor zurück. Sie konnte nicht richtig ermessen, wie schwer das Wort „ewig“ wog. Trotzdem, schon wenn sie bloß daran dachte, schmerzte ihr Herz so sehr, dass sie sich selbst wunderte.

„Ein Wyrm ist nicht dazu da, den Dragoon zu beschützen. Er ist dein Freund. So wie sie deine Freundin ist“, belehrte der Mann sie und warf einen Blick auf Ticky.

Lynn dachte über die Bedeutung dieser Worte nach. *So wie Ticky …*

Der Dragoon stierte wieder auf den Wyrm, den Lynn im Arm hielt. „Verstanden? Weißt du nun, was du zu tun hast?“

Das Wyrmbaby schaute zu Lynn auf.

„Was ich … zu tun habe …“, wiederholte Lynn langsam die Worte des erfahrenen Dragoons, als ob sie jedes Einzelne davon erst einmal verdauen müsste.

+ + +

Lynns Augen wanderten zwischen Ticky und dem alten Ladenbesitzer hin und her. Sie war besorgt.

„Was soll das sein? Hä?“

„Schlüssel“, erwiderte Ticky schroff.

Der alte glatzköpfige Mann rümpfte die Nase. „Kommt gar nicht in Frage. Die kannst du wieder mitnehmen!“ Er schob ihr den Schlüsselbund über die Theke zurück.

„Aber warum willst du sie denn nicht!? Das sind immerhin Schlüssel für Schatztruhen!“

„Also wirklich, Mädchen! Nach einem halben Jahr solltest du es langsam kapiert haben! Was glaubst du denn, was das hier eigentlich ist?" Daraufhin breitete der alte Mann seine Arme theatralisch aus, wie ein Schauspieler auf der Bühne.

„Ein Trödelladen!", stellte Ticky fest.

Lynn ließ ihren Blick schnell umherschweifen.

Auf den Regalen in dem schmuddeligen, kleinen Laden stapelte sich alter Krempel. Oft genug hatte sie keine Vorstellung, wozu man die Sachen noch gebrauchen konnte: ein kaputtes Holzrad, ein zu Bruch gegangener Krug, eine kopflose Puppe. Solches Zeug eben.

„Ein Trödelladen *in Bastok*!", verbesserte sie der Besitzer des Ladens mit dem schönen Namen „Ruß von Zeruhn".

Es war Mittag, der Tag, nachdem die beiden in die Stadt zurückgekehrt waren.

Sie befanden sich im Armenviertel des Bastoker Minen-Bezirks. Dieser Bezirk bestand aus zwei Ebenen. Lynn und Ticky weilten gerade in der Unteren.

Dort lag, ganz am Rand und kaum zu finden, dieser Laden.

Seitdem sie vor etwa einem halben Jahr in Bastok eingetroffen waren, kamen sie manchmal hierher, weil sie bei dem Händler selbst wirklich dubiosen alten Kram loswerden konnten, an dem das Auktionshaus oder normale Läden kein Interesse hatten.

Der Ladenbesitzer erwies sich als ebenso dubios wie die Sachen, die hier herumlagen. Sein altes Gesicht, fleckig und faltig, hätte man ebenfalls gleich auf ein Regal stellen können. Es wäre in diesem Laden überhaupt nicht aufgefallen.

*Nein, nein, nein! Ich darf doch nicht solche gemeinen Sachen denken!* Lynn schüttelte heftig den Kopf, um diese Gedanken zu vertreiben. Danach folgte sie wieder dem Wortwechsel zwischen Ticky und dem Ladenbesitzer, wobei sie abwechselnd von einem zum anderen guckte.

„Bitte, bitte! Wir kriegen echte Probleme, wenn du sie uns nicht abkaufst! Auch das Auktionshaus will sie nicht!"

„Das ist eure Sache!", zuckte der Alte auf Tickys inständige Bitte knallhart die Achseln. „Schlüssel für Schatztruhen kannst du nur in Jeuno verkaufen. Hier in Bastok kannst du's vergessen!"

„Bitte! Trotzdem!"

„*Nein*, habe ich gesagt!"

„Du Geizkragen!"

„Natürlich bin ich ein Geizkragen!", gab der Alte freimütig zu.

Ticky blähte wütend ihre Wangen auf.

„Ich verstehe", lenkte Lynn schließlich ein. „Ticky, ich glaube, wir dürfen nicht noch aufdringlicher sein."

Nun gab sich Ticky endlich geschlagen.

Da sagte der Händler in ganz anderem Tonfall: „Gut, gut. Ich mag vernünftige Mädchen. Du kapierst, worum es geht im Leben. Im Gegensatz zu dieser bockigen *Räuberin* neben dir."

Als der Alte das sagte, rastete Ticky aus. „Ich bin *Jägerin*!", keifte sie.

„Ach, wirklich?"

Der Blick des alten Mannes veränderte sich. Der gelassene, halb belustigte Ausdruck schwand aus seinem Gesicht. Sein Blick wurde kalt und durchdringend. Genauso sah er auch aus, wenn er die alten Sachen prüfte, die er kaufen wollte.

„Ey … was ist denn auf einmal mit dir!?", fragte ihn Ticky, eingeschüchtert von diesem harten Blick. Ihre Stimme war deutlich leiser geworden, und das Blut, das ihr vor Wut in den Kopf gestiegen war, sackte plötzlich nach unten – das konnte sogar Lynn spüren.

„Wenn du eine Jägerin bist, solltest du nicht versuchen, Schlüssel für Schatzkisten zu verkaufen. Du …", äußerte er, während er sich wieder Lynn zuwandte. Sein Blick wurde sanfter.

„Mm …", brummte Ticky. Sie konnte nicht widersprechen.

„Wegen des kleinen Fräuleins gebe ich euch einen Rat: Geht mit den Schlüsseln nach Jeuno! Dort findet ihr schon jemanden, der sie euch abkauft."

„Aber … Jeuno ist doch am anderen Ende der Welt", maulte Ticky, während sie den Schlüsselbund wieder in ihrem Kittel verstaute.

„Mit Chocobos ist es nur ein Katzensprung", meinte der alte Ladenbesitzer ruhig.

„Aber das kostet uns ja mehr als es uns bringt", maulte Ticky und ließ die Schultern hängen.

Doch der alte Mann entgegnete: „Irgendwann müsst ihr sowieso dorthin. Glaubt mir! Wenn man lange genug in meinem Geschäft ist, bekommt man ein Gespür für so etwas. Ich könnte darauf wetten." Abwechselnd betrachtete er die beiden Mädchen: „Ihr seid dafür bestimmt, in die Ferne zu reisen. Und ihr werdet mir ein riesiges Geschenk mitbringen. Das wird sicher …" Damit kehrte er seinen Blick von Lynn und Ticky ab und ließ ihn durch seinen Laden schweifen. „… viel älter sein als alle Sachen, die ich hier habe."

Ticky hörte dem Alten nur mit einem Ohr zu. Sein Gerede interessierte sie nicht.

Aber Lynn blieben seine Worte – warum auch immer – im Gedächtnis haften.

\+ + +

Lynn kniff ihre Augen zusammen, da die Sonne sie blendete – es war ihr zu hell, weil sie gerade aus dem dunklen Laden kamen.

Die Sonne hatte ihren Zenit erreicht.

Die Freundinnen folgten einer ansteigenden Straße, die Richtung Westen verlief. Bald würden sie das obere

Stockwerk des Bezirks erreichen. Das „Nest der Fledermäuse“, die Gaststätte, wo sie untergekommen waren, lag in dieser Richtung. Auf der Straße liefen Galka- und Hume-Kinder lachend an ihnen vorüber. Sie schienen ein Wettrennen zu veranstalten.

„O Mann!“, regte Ticky sich auf und zog ein verdrossenes Gesicht. Seit dem frühen Morgen waren sie vom Auktionshaus durch alle möglichen Läden gezogen, und alles was sie verkauft hatten, war ein Kristall. Und dafür hatten sie kaum etwas bekommen.

„Warum hast du ihn nicht zur Auktion angeboten, sondern sofort im Laden verkauft?“

Lynn wusste nicht, was sie ihr antworten sollte.

Ticky sprach davon, wie sie den Kristall veräußert hatten.

Sicher hätten sie bei einer Auktion mehr dafür bekommen. Das war ihr auch klar. Nur konnte es bis dahin noch lange dauern. Im schlimmsten Fall mussten sie zwei Monate warten, bis er verkauft wurde. Sie konnte selbst nicht sagen, warum: Aber sie wollte sofort Bargeld in der Hand haben.

Vom Ende der Straße her kam ihnen ein Mann in Rüstung entgegen. Wahrscheinlich ein Elvaan. Er hatte einen langen Hals und lange Ohren, war hoch und schmal gebaut und schien dennoch einen äußerst kräftigen Körper zu besitzen, wie es typisch war für die Männer dieses Volks.

*Ungewöhnlich*, dachte Lynn.

Denn in Bastok lebten nur Galka und Hume. Elvaan bekam man hier äußerst selten zu Gesicht.

Lynn selber hatte noch niemals zuvor einen Elvaan getroffen.

„Was ist denn los mit dem Typen? Ist der besoffen oder was? Und das mitten am helllichten Tag!“, schimpfte Ticky.

Der Mann bewegte sich in der Tat sonderbar. Mit taumelnden, unsicheren Schritten marschierte er auf sie zu. Auch sein Blick wirkte verschwommen und unscharf. Er wirkte tatsächlich betrunken. Plötzlich wankte er und brach auf der Stelle zusammen.

Hastig rannte Lynn zu ihm hin: „Ist alles in Ordnung mit Euch?“ Während sie ihn ansprach, schaute sie ihm prüfend ins Gesicht.

Als sie ihre Hand auf seine Schulter legen wollte, packte er plötzlich ihr Handgelenk. Und zwar mit gewaltiger Kraft!

Sie schrie sie auf.

Der Mann hob sein Gesicht, dann ächzte er: „Endlich habe ich dich!“ Er starrte Lynn an.

„Äh … geht es Euch nicht gut? Entschuldigt, aber lasst bitte meine Hand …“ *Los!*, wollte sie sagen.

Aber in diesem Moment riss er sie zu Boden. Die Augen des Mannes waren blutunterlaufen. „Endlich … habe ich … dich … gefunden!“ Der Mann richtete sich auf und warf sich auf Lynn. Er packte sie mit solcher Gewalt, dass es ihr fast den Brustkasten eindrückte.

„Nein … bitte … lasst mich los!“, kreischte Lynn.

„Du … bist … es!“, lallte er.

„Nein, was wollt Ihr von mir?“

Der Mann hielt sie weiterhin fest umklammert. Sein Gesicht hing so dicht über dem ihrem, dass sie seinen Atem spürte. Seine blutunterlaufenen Augen glänzten, als er noch stärker zudrückte.

Lynn konnte kaum mehr atmen. Sie bekam Gänsehaut. Ihr Hals war ausgetrocknet, und sie konnte ihre Zunge nicht mehr richtig bewegen. Dann bemerkte sie es!

Die Augen des Mannes! Seine Pupillen! Sie waren lang gezogen und standen senkrecht. Genau wie die Augen einer Schlange!

„Nein!!!“

„Lass sofort meine Freundin in Ruhe! Du verdammter Wüstling!“

In diesem Moment wurde es Lynn leichter. Sie bekam wieder Luft.

Ticky hatte dem Mann von hinten einen kräftigen Tritt verpasst.

Sein Griff lockerte sich ein wenig.

Lynn schälte sich heraus und sprang auf die Beine. Sie versuchte, ihren Atem zu beruhigen.

„Was … wollt … Ihr denn von mir!?“, fragte sie, immer noch heftig keuchend. Aber der Mann schien ihre Worte gar nicht gehört zu haben. Taumelnd erhob er sich, streckte seine Arme nach ihr aus und grunzte: „Gib … ihn … mir!“ Seine Aussprache klang so undeutlich, dass es gar nicht einfach war, ihn zu verstehen.

Aber Lynn begriff, dass er etwas Bestimmtes von ihr wollte. Unbewusst drückte sie die durchsichtige Kugel unter ihrem Kittel an sich, in der sich der Wyvern befand.

Bis jetzt war ihr nicht klar, dass es tatsächlich diese Kugel war, auf die es der Mann abgesehen hatte.

„Also echt! Spinnt der Typ, oder was!?“ Auch Ticky hatte bemerkt, wie merkwürdig sich der Mann verhielt.

Die beiden traten zurück.

„Du … kannst mir … nicht … entkommen!“ Der Mann streckte seinen Zeigefinger aus und richtete ihn auf Lynn. Seine Augen strahlten unheimlich – so zumindest kam es Lynn vor.

Plötzlich verließen Lynns Körper sämtliche Kräfte. Einen Moment lang fiel sie fast in Ohnmacht. Ihr Kopf fühlte sich wie benebelt an.

„Lynn! Was hast du?!“

Sie schüttelte den Kopf und bemühte sich, wieder klar zu denken. „Nein … nichts …“ Aber ihr Körper war auf einmal unglaublich schwer.

„Das stimmt doch nicht! Du bist ganz blass!“

„Wirklich nichts. Aber …“

„Ja, schon klar!“

Ohne weitere Worte einigten sie sich: Sie mussten hier weg!

Blitzschnell drehten sie sich um, und wie zwei fliehende Hasen hetzten sie zurück in die Richtung, aus der sie gerade gekommen waren.

Lynn und Ticky rannten geradewegs Richtung Osten.

Der Elvaan folgte ihnen. Es sah allerdings äußerst seltsam aus, wie er lief.

Denn er konnte sich kaum im Gleichgewicht halten – ständig taumelte er und wankte hin und her. Aber er gab trotzdem nicht auf.

„Ganz schön zäher Brocken!“, keuchte Ticky.

Zu ihrem Unglück gab es in dieser Richtung keinerlei Abzweigungen. Ein Stück weiter westlich wären sie an eine Seitenstraße gekommen, wo der Durchgang verboten war und ein Wächter stand. Der hätte ihnen sicherlich geholfen.

Doch von dort aus, wo sie den Mann getroffen hatten, blieb ihnen nichts anderes übrig, als ostwärts zu fliehen.

Zudem ging es Lynn alles andere als gut. Sie konnte nicht besonders schnell laufen.

Plötzlich sahen sie das Ende der Straße. Eine einzelne Holztür gab es dort.

Das war die hinterste Ecke des Armenviertels. Sogar Abenteurer tauchten hier nur selten auf. Die Tür führte zur Gilde der Alchimisten.

Sie stießen sie auf und sprangen hinein.

Kurz bevor Lynn die Tür wieder zuschlug, traf sich ihr Blick mit dem des Mannes.

Er hatte nicht aufgegeben. Seine Augen flackerten wie im Fieber.

„Hey! Macht die Tür nicht kaputt!“, rief eine Stimme hinter der Verkaufstheke, als Lynn sie zuknallte.

Aber darum konnten die beiden sich gerade nicht kümmern.

„Wir müssen durch Euren Laden!“

„Halt! Da oben ist für Fremde Zutritt verboten!“

Nachdem sie den Laden durchquert hatte, hatten sie einen schmalen Gang erreicht, an dessen Ende eine Treppe zu dem oberen Stockwerk führte. Sie stürmten hinauf.

Als sie im Treppenhaus um eine Kurve bogen, hörten sie von unten einen Schreckensschrei.

Der Mann schien ebenfalls in den Laden gekommen zu sein.

Lynn öffnete die nächste Tür.

Ein scharfer Geruch stach ihnen in die Nase. Dieser große Raum war voll mit Qualm und den Gerüchen verschiedenster chemischer Stoffe. Denn dies war die Werkstatt der Alchimisten. Mit großem Eifer betrieben diese Leute ihre Forschungen, indem sie stundenlang mit Flüssigkeiten gefüllte Glaskolben beobachteten oder etwas in großen Kesseln aufkochten.

Durch diesen Raum flitzten Lynn und Ticky, wobei sie brüllten: „Lass mich durch!“ oder „Entschuldigt!“.

Plötzlich überkam Lynn ein Schwindelgefühl. Sie taumelte und stolperte über einen Schlauch, der an einem der Glaskolben befestigt war. Im Weiterlaufen zog sie den Schlauch hinter sich her, und im nächsten Moment rasselten der Kolben und alles, was sich auf dem Tisch befand, auf einmal zu Boden.

Das Geräusch von brechendem Glas ertönte und gleich darauf ein wütendes Schimpfen.

Zischend stieg weißer Rauch auf.

„Entschuldigung!“

Zwar half eine Entschuldigung in diesem Fall wenig, aber Lynn konnte einfach nicht anders.

„Lynn! Verdammt! Wir kommen hier nicht raus!“, kreischte Ticky.

Schnell schaute Lynn sich um. Tatsächlich gab es hier keinen anderen Ausgang als die Tür, durch die sie hereingekommen waren.

Unter den Blicken der Alchimisten rannte sie zum Fenster. Sie lehnte sich hinaus und entdeckte links einen Verbindungsweg zum oberen Stockwerk. Im Stockwerk über dem Armenviertel gab es nämlich keine Straße, sondern nur Wege aus Holz, die die Häuser miteinander verbanden.

Sie hatte vermutet, dass dieser Weg direkt an das Haus der Alchimisten grenzen würde, doch befand sich zwischen dem Weg und dem Fenster ein beträchtlicher Abstand – etwa fünf Schritte. Dazwischen existierte nichts als Luft. Lynn blickte hinab. Sie sah die kopfsteingepflasterte Straße des Armenviertels. Im Falle eines Sturzes würden sie mit einer einfachen Verletzung nicht davonkommen.

Doch es gab eine Möglichkeit, wie sie hinübergelangen konnten. Über einen hervorstehenden Balken entlang der Hauswand, gleich unter dem Fenster, ließ sich der Verbindungsgang vielleicht erreichen. Allerdings war der Balken nur so breit wie ein Fuß. Konnten sie es darauf bis zu dem Weg schaffen?

„Ticky! Geh du alleine!“, rief Lynn ihrer Freundin zu, nachdem sie von dem Fenster zurückgetreten war. Denn für Ticky wäre es kein Problem, auf diesem schmalen Balken zu laufen.

„Aber was ist mit dir, Lynn!?“

„Bitte geh allein!“

Sie hatten keine Zeit für lange Diskussionen.

„Verstanden!“

Ticky nahm Lynns Platz ein und lehnte sich aus dem Fenster. Sie stellte einen Fuß auf den Fensterrahmen und nahm den schmalen Balken genau in Augenschein. Sie kniff ihre Lippen zusammen. Dann wagte das Mithra-Mädchen Unglaubliches: Sie rannte über den Balken!

Beim ersten Schritt trat sie mit ihrem linken Fuß auf.

Sie drückte sich ab und kam einige Schritte weiter auf dem rechten Fuß auf. Dann stieß sie sich abermals ab!

Sie flog durch die Luft und landete auf dem Verbindungsgang. Um den Aufprall zu lindern, rollte sie sich nach vorne ab. Sofort stand sie wieder. „Lynn!" Sie streckten ihre beiden Arme aus, als wollte sie rufen: „Komm hierher!"

Von der Treppe waren Hilfeschreie und Gebrüll zu hören. Der Mann würde gleich da sein.

Lynn lehnte sich aus dem Fenster. Es war ihr klar, dass sie es ihrer Freundin nicht nachmachen konnte. Vorsichtig stellte sie einen Fuß auf den Balken. Dann tastete sie sich Schritt für Schritt vorwärts, wobei sie ihren Körper eng an die Hauswand drückte.

*Erster Schritt … zweiter Schritt …*

Aus der Werkstatt ertönte ein Explosionsgeräusch. Dieses Mal kroch schwarzer Rauch aus dem Fenster.

Aber Lynn konnte sich jetzt nicht umdrehen. Unter ihr lag das Kopfsteinpflaster. Wenn sie ausrutschte, würde es sie das Leben kosten. Schweiß lief ihr über die Stirn in die Augen. *Der dritte Schritt … der vierte … noch ein bisschen weiter!* Beim fünften Schritt geriet sie ins Schwanken. Sie schaffte es nicht, ihr Gleichgewicht wieder zu erlangen. Kurz bevor sie abstürzte, drückte sie sich mit dem Fuß, der noch auf dem Balken haftete, mit aller Kraft ab und sprang.

Sie landete in Tickys Armen.

Beide rollten zusammen über den Gang. Sie keuchten.

Lynns Herz war kurz davor, zu explodieren.

„Kannst du laufen?“, forschte Ticky, während sie sich aufrappelte.

„Ja, alles in Ordnung“, bestätigte Lynn.

Überhaupt nichts war in Ordnung. Aber das konnte man jetzt nicht ändern.

Die Freundinnen rannten los.

Lynn und Ticky verließen Bastok so schnell sie konnten.

Sie kehrten nicht mehr zum Gasthaus zurück.

Lynn musste ihre Ausrüstung – Harnisch, Schwert und Schild – zurücklassen.

Sie besaßen lediglich das Geld, das sie für den Verkauf des Kristalls erhalten hatten. Das reichte bei Weitem nicht, um zwei Chocobos zu mieten. So hatten sie keine andere Wahl, als zu Fuß zu fliehen.

Nachdem sie das Ödland von Gustaberg hinter sich gebracht hatten, wanderten sie in Richtung Norden.

So begann die lange Flucht von Lynn und Ticky vor dem unheimlichen Mann.

# KAPITEL · 5

„Die Lanze und das Kettenhemd habe ich in einem Außenposten bekommen“, erzählte Lynn, die Douglas gegenüber am Lagerfeuer saß.

Ziemlich bald am Anfang ihrer Flucht hatte sie bemerkt, dass sie wahrscheinlich verflucht worden war. Der Fluch beraubte sie nach und nach ihrer Körperkräfte, sodass sie bald nicht mehr in der Lage war, die schwere Rüstung zu tragen. So sah sie sich gezwungen, ein leichteres Kettenhemd anzuziehen und als Kampfwaffe eine Lanze zu benutzen.

In den Außenposten lagen manchmal Waffen und Rüstungen herum, die nicht mehr gebraucht wurden. Davon konnte Lynn sich etwas aussuchen.

„Normalerweise geht das zwar nicht. Aber als ich sie darum gebeten habe, bekam ich die Sachen für ein paar Münzen, die ich unterwegs beim Kampf gegen Beastmen erbeutet habe.“

Douglas’ leichtes Nicken ermunterte Lynn, ihren Bericht fortzusetzen.

Lynn und Ticky hatten zunächst Zuflucht auf dem Ödland von Gustaberg gesucht, doch auch dort wurden sie verfolgt.

Lynn wurde mehrere Male überfallen: auf der Brücke

über der Zeikt-Schlucht, an der Windmühle in Konschtat und in den Dünen von Valkurm.

Der Mann erschien jedes Mal wie aus dem Nichts, streckte seine Hand aus und ächzte: „Gib ihn mir!“ Dann stürzte er sich auf Lynn.

„Hast du ihn nicht angegriffen?“, fragte Guava. Denn er wunderte sich, warum sie jemanden schonte, der es auf ihr Leben abgesehen hatte, selbst wenn er zum Volk von Altana gehörte.

Daraufhin schluckten Lynn und Ticky nahezu gleichzeitig.

Lynn erwiderte: „Auf der Brücke über der Zeikt-Schlucht habe ich ihm einen Schlag versetzt, als er sich Ufy greifen wollte. Dann …“

„Ufy?“, unterbrach Douglas ihre Schilderung.

„Äh, so heißt er …, der Name ist mir gerade eingefallen“, antwortete Lynn, während sie ihre Arme fest um ihren Wyrm schlang. Dann fuhr sie fort: „Er stürzte von der Brücke – es war meine Schuld. Ich habe ihn hinuntergestoßen.“

Peta verzog entsetzt das Gesicht.

Doch Douglas und seine Freunde, die aus San d'Oria stammten, dachten sich nichts Schlimmes dabei, weil sie die Zeikt-Schlucht nicht kannten.

„Ist die Brücke sehr hoch?“, erkundigte sich Douglas.

„Tierisch hoch“, warf Peta ein.

Lynn erläuterte: „Am Oberlauf des Flusses gibt es einen riesigen Wasserfall, der ‚Drachenfall' genannt wird. Das Wasser stürzt mindestens doppelt so weit in die Tiefe, wie der Crag hier hoch ist", Lynn ließ ihren Blick den riesigen Felsen emporschweifen, der über ihnen aufragte.

„Wirklich wahr?" Douglas schwindelte es. Schon wenn er zum Crag von Holla aufblickte, bekam er Nackenschmerzen.

„Ja. Die Brücke befindet sich etwa in gleicher Höhe mit dem Wasserfall. Also muss die Schlucht ungefähr so tief sein."

Das hieß: Selbst wenn man bei einem Sturz im Fluss landete, hätte man keine Chance, mit dem Leben davonzukommen.

Douglas und seinen Freunden stockte der Atem.

„Das gibt's ja nicht!", stieß Douglas plötzlich aus.

„Als ich hinunterschaute, habe ich ihn nicht mehr gesehen – vielleicht hat ihn der Fluss gleich weggerissen. Ich wollte ihn nicht töten. Ich dachte, ich hätte etwas Furchtbares getan. Aber …"

„Er ist wieder aufgetaucht?"

„Genauso ist es!"

Douglas und seine Freunde schwiegen.

„Kurz danach bemerkte ich, dass es ihm nicht gut ging. Immer wieder presste er seine Hände gegen die Brust, kauerte sich zu Boden und konnte nicht weiter."

Aber er hatte trotzdem nie aufgegeben, sie zu verfolgen.

Als sie die Dünen von Valkurm erreicht hatten, überlegten sie, ob sie vom Hafen von Selbina aus mit dem Linienschiff nach Windurst übersetzen sollten. Schließlich entschieden sie sich doch dagegen. Denn jeder konnte für wenig Geld ein Linienschiff besteigen. Da war ein Flugschiff eine ganz andere Sache!

„Das darf man nur betreten, wenn man einen Pass besitzt, habe ich gehört."

„Schließlich kam ich auf die Idee, nach Kazham zu reisen", übernahm Ticky das Wort.

Also hatten die beiden – um zwei Pässe für das Flugschiff kaufen zu können – versucht, die Schätze in der Grotte von Yughott zu erbeuten. Kurz davor waren sie Peta begegnet, und in der Grotte hatten sie dann Douglas und seine Freunde getroffen.

„Hmmm ...! Verstehe! Ihr habt ja einiges hinter euch", bemerkte Nim mit gänzlich unbeteiligt klingender Stimme.

„So wie du das sagst, hört es sich überhaupt nicht so an", fuhr Guava ihn an.

Nim seufzte. Dann zuckte er die Achseln und sagte: „Wozu habe ich eigentlich einen Freund, wenn er nicht mal meine tiefen Gefühle zu deuten weiß?"

„Ach! Ein Freund wie du, der andauernd nur solchen Quatsch redet, ist mir einfach peinlich."

„Du bist aber ganz schön gemein zu mir!“ Nim stieß einen theatralischen Seufzer aus.

Guava verzog das Gesicht und verschränkte die Arme.

In besänftigendem Tonfall sprach Douglas zu den beiden: „Hey, seht mal! Die lachen über euch.“

Als Nim und Guava aufblickten, schüttelte Lynn hastig den Kopf, als wollte sie damit sagen: *Nein, denkt nicht, dass ich mich über euch lustig mache!* Aber sie konnte das Lächeln, das um ihre Lippen spielte, nicht verbergen.

Peta und Ticky hingegen lachten aus vollem Hals. Sie klatschten sogar Beifall, und Peta rief: „Sehr gut! Ausgezeichnet! Wenn ihr so auf der Bühne stehen würdet, könntet ihr damit Geld verdienen!“

„Nein, bloß nicht!“, lehnten Nim und Guava gleichzeitig ab, was abermals ein heiteres Gelächter hervorrief.

Peta, die mit dem Ulk begonnen hatte, hört auch als Erste wieder damit auf und machte plötzlich ein ernsthaftes Gesicht. „Wir sollten langsam aufbrechen“, meinte sie. „Bald wird es dunkel.“ Sie stand auf und klopfte sich den Staub von der Kleidung.

Auch Douglas erhob sich. Er blickte über den langen Schatten hinaus, den der Crag von Holla warf: Der Regen hatte aufgehört.

Die Sonne neigte sich bereits nach Westen. Kühler Abendwind wehte.

Auf ihren gemieteten Chocobos verließen Douglas und seine Kameraden den Crag von Holla.

+ + +

Zwei Tage waren inzwischen vergangen. Zwar hatte es unterwegs einen kleinen Zwischenfall gegeben, sie wurden von Wald-Blutegeln überfallen, doch gelang es Douglas und seinen Kameraden, innerhalb eines Tages den Jugner-Wald zu durchqueren.

Danach dehnte sich vor ihren Augen eine offene Landschaft aus: Die Batallia-Hügel.

In einigen der Hügel befanden sich viereckige Öffnungen aus Stein.

Durch diese Eingänge gelangte man in Grabkammern, von denen einige aus uralten Zeiten stammten. Diese Hügelgräber wurden die „Coveffe-Grabstätten“ genannt.

Nach Nims Erläuterung waren die Hügel selbst keineswegs natürlichen Ursprungs, sondern vor langer Zeit vom alten Stamm Elvaan errichtet worden.

Die zahlreichen Grabsteine allerdings, die darauf lagen, waren relativ neu – sie sollten an die Gefallenen im Kristall-Krieg vor zwanzig Jahren erinnern.

„Douglas, sind das alles … Gräber?“, fragte Lynn verblüfft, als sie auf ihren Chocobos durch die Hügellandschaft ritten.

Douglas zügelte sein Tier.

Die Abendsonne ging gerade in seinem Rücken hinter dem westlichen Horizont unter.

Die nackten Bäume, die vielen Grabsteine und der steinige, karge Boden färbten sich rot im Licht der sinkenden Sonne. Da häufig starker Wind über die Batallia-Hügel wehte, neigten sich die Bäume und die Grabsteine zur Seite.

Dieser Anblick wirkte so traurig, dass es Douglas ganz weh ums Herz wurde.

Lynn hielt neben ihm an.

Die beiden bildeten – wie immer – den Schluss.

„Hier hat ein heftiger Kampf stattgefunden, der als ‚Verteidigungsschlacht von Jeuno' in die Geschichte einging", wusste Douglas.

Still hörte sie zu.

Auch der Wyvern auf ihrer Schulter schwieg – was selten vorkam.

„Diese Schlacht veranlasste schließlich, dass sich die Völker von Altana zu einer Allianz verbündeten und die Beastmen besiegten. Die Zahl der Soldaten, die hier gefallen sind, soll allerdings enorm gewesen sein."

„So war das also", nickte Lynn.

Der Wyvern gab leise Töne von sich, so als teile er ihre Betroffenheit.

„Übrigens …", fuhr Douglas fort. Er bemühte sich, seine Stimme möglichst unbefangen klingen zu lassen.

„Bitte?“ Ihre haselnussbraunen Augen und ihr rotblondes Haar leuchteten in der Abendsonne.

„Kannst du bitte aufhören, mich so superhöflich zu behandeln? Ich habe dir doch erklärt, dass ich kein Ritter bin.“

„Ja, … aber …“

„Du kannst ‚Doug‘ zu mir sagen!“

„Ja.“ Die junge Dragoon machte ein sehr verlegenes Gesicht. Nachdem sie einen Augenblick verblüfft dreinsah – genau wie ihr Wyvern – breitete sich endlich ein Lächeln auf ihrem Gesicht aus.

„Gut. Ich habe dich verstanden.“ Dann schlossen sich ihre Augen. Und sie rutschte von ihrem Chocobo hinunter.

„Lynn!?“ Rasch sprang Douglas ab und stürzte zu ihr.

Ufy, der von Lynns Schulter aufgeflogen war, kreiste aufgeregt über ihr.

„Komm zu dir!“

Als Douglas sie auf seine Arme hob, wachte Lynn auf und stammelte mit schwacher Stimme: „Alles in Ordnung. Mach dir keine Sorgen!“ Selbst im Licht des Abendrots sah ihr Gesicht sehr blass aus.

Douglas schaute auf und merkte, dass seine Kameraden zurückkamen. Sie hatten bereits bemerkt, dass etwas nicht stimmte.

+ + +

Die Nacht kam in dieser Jahreszeit überraschend schnell. Kurz nach Sonnenuntergang funkelten bereits unzählige Sterne am Himmel.

Douglas und seine Kameraden ritten nach Osten, bis sie eine Bergkette hinter sich hatten, welche seit Längerem zu ihrer Rechten lag. Dann bogen sie auf Petas Anweisung hin nach Süden ab. Bald breitete sich das Meer vor ihren Augen aus.

„Schade! Am Tag würden wir die Rolanbeeren-Felder auf der anderen Seite sehen", bedauerte Peta.

Das Meer, das weit in der Ferne schimmerte, war schwarz, als hätte man Tusche hineingekippt.

Lynn sah immer noch blass aus. Ihr Atem ging sehr unregelmäßig, aber nach einer Weile hatte sie es geschafft, wieder aufzustehen. Es schien aber offensichtlich, dass sie sich sehr anstrengen musste. Zwar konnte sie reiten, aber statt aufrecht und gerade wie vorher, hockte sie jetzt auf ihrem Tier, als würde sie sich mühsam festhalten.

Vor ihnen erhob sich ein kleiner Hügel. Das war ihr Ziel.

Hier sollte es eine „Nekropolis" geben – wie Peta es genannt hatte –, in der sie die Lösung des Fluchs durchführen konnten.

Sie ritten um den Hügel herum, spähten hinauf und entdeckten bald den Eingang zur Nekropolis. Bei den Coveffe-Grabstätten ähnelten sich alle Eingänge: vier-

eckige Schächte aus rohen Steinen, durch die ungefähr drei Menschen passten. Gleich danach lief eine Treppe nach unten. Die sechs Kameraden hielten ihre Chocobos an.

Ticky, die als Erste abstieg, rannte sofort zu Lynn. „Lynn! Ist alles in Ordnung mit dir?“, fragte sie und blickte ihrer Freundin besorgt ins Gesicht.

„Ja“, antwortete diese mit gesenktem Kopf. Man konnte sehen, dass das nicht stimmte.

„Wir lassen die Chocobos hier frei“, bestimmte Peta. „Von hier aus ist man ziemlich schnell in Jeuno, sogar zu Fuß. Wenn man den Fluch erst mal gelöst hat.“

„Aber …“, zögerte Ticky.

„Hier gibt es Säbelzahntiger!“, erklärte Peta. „Wenn wir die Chocobos anleinen und hier lassen, werden sie sofort angefallen!“ Als ob die Chocobos das verstanden hätten, wieherten sie ängstlich.

Jetzt waren alle mit Petas Vorschlag einverstanden. Sie lösten die Zügel, dann luden sie ihr Gepäck ab, das sie den Chocobos auf den Rücken geschnallt hatten. Als sie ihnen dann auf den leichter gewordenen Rücken klopften, stürmten die sechs Riesenvögel freudig los – den Weg zurück, den sie gekommen waren. Im Nu waren sie den Blicken entschwunden. Sie würden zum Crag von Holla zurücklaufen.

„Lynn“, sagte Douglas: „Lass dein Kettenhemd hier! Dein Gepäck auch!“

Lynn reagierte nicht.

„Das ist im Moment viel zu schwer für dich."

Ohne zu widersprechen, legte Lynn das Kettenhemd ab, holte ein dickes Stoffhemd aus ihrem Rucksack und zog es über. Aber die Lanze wollte sie nicht zurücklassen.

Douglas sagte nichts mehr.

„Ich nehme dein Gepäck!", erbot sich Ticky.

Doch Guava bremste sie: „Ich mache das! Gib her!" Er warf sich Lynns Gebäck mühelos über die Schulter.

Ticky zündete die Laterne an. Sie übernahm die Spitze und stieg den Hügel hinauf.

Als sie in den stockdunklen Eingang blickten, hielt Ticky plötzlich inne. Die dreieckigen Ohren des Mithra-Mädchen zuckten. Ihr Blick wurde scharf.

„Wer da!?", rief sie in die Grabstätte.

„Hilfe!", ertönte eine heiser klingende Stimme. Langsam löste sich eine Gestalt aus dem Schatten. Ein Elvaan in einem Harnisch.

Ticky ächzte. „Er ist es!", schrie sie und zeigte auf ihn.

Douglas begriff sofort: Das war der Mann, der Lynn verfolgte.

Aber dieser schien Tickys Aufschrei nicht einmal gehört zu haben. Als hätte er hohes Fieber, lallte er: „… Nein. Es geht … nicht … mehr …"

Douglas näherte sich ihm.

„Sei schön vorsichtig!“, riet Nim ihm. Seine Worte hörten sich zwar sorglos an, doch der Tonfall war sehr ernst.

Der Elvaan hatte langen Ohren und einen langen Hals. Seine Augen spiegelten das Licht der Laterne wider und glänzten. Doch in diesem Licht konnte Douglas nichts Besonderes an ihnen entdecken.

„Ihr …“, sprach er ihn verlegen an: „Seid Ihr vielleicht ein Drachentöter?“

Der Mann hob sein Gesicht. Erst jetzt schien er Douglas zu bemerken. Mit einem flackernden Blick, wie ein Besessener, glotzte er ihn an. „Nein. Bin ich nicht. Ich bin Krieger. Abenteurer“, erwiderte er mit Verwunderung in der Stimme. Sein Blick schweifte leer umher: „Aber keiner wollte mich in sein Bündnis lassen. Alle haben mich abgelehnt. Alle! Sie haben behauptet, ich wäre zu nichts zu gebrauchen.“ Seine Stimme zitterte. „Verdammt! Verdammt! Verdammt!“ Tränen flossen ihm über die Wangen. „Wie ein Stück Dreck haben sie mich behandelt. Deshalb musste ich ihnen doch beweisen, dass ich es auch alleine schaffen kann.“

Langsam streckte er seine Arme nach Douglas aus. Seine Finger zitterten. „Die Schätze in Palborough wollte ich erbeuten! Nein, … ich bin kein mieser, kleiner Räuber!“ Seine Hände, die sich bewegten, als wollte er die Luft durchwühlen, fielen plötzlich kraftlos herab. Er sank auf die Knie.

„Ihr …?“

„Douglas! Geh nicht näher ran!“

Ohne Petas Warnung wäre er wohl doch zu ihm hingegangen. Doch Douglas riss sich zusammen und blieb wie angewurzelt stehen. Alle starrten wortlos auf den Mann.

Der lag jetzt bäuchlings vor ihnen. Seine Hände scharrten heftig über den Boden. „Nein …, es ist zu spät. Es kommt! Ich bin nicht mehr ich selbst!“ Es waren die letzten Worte des Mannes.

Seine Hände krallten sich tief in den Boden. Seine Nägel lösten sich ab und hinterließen schmierige Blutspuren. Im Licht der Laterne sahen sie aus wie schwarze Furchen im Boden.

Jemand ächzte entsetzt. Wahrscheinlich Nim.

Auch Douglas schluckte.

Denn mit den Armen des Mannes, der sich bäuchlings auf dem Boden wand, ging eine Veränderung vor sich. Vereinzelt, wie aus dem Wasser aufgetaucht, entstanden Schuppen.

Dann schrie der Mann plötzlich mit einer Stimme, die nichts Menschliches mehr hatte. Er hob sein Gesicht. Jetzt konnte Douglas seine Augen deutlich erkennen – sie hatten schmale senkrecht stehende Pupillen. Auch sein Gesicht bedeckte sich jetzt langsam mit Schuppen.

Douglas machte unwillkürlich einen Schritt rückwärts. „Was soll das denn!?“

Mit einem noch lauteren Schrei platzte der Harnisch des Mannes auf! Sein Körper schwoll von innen her um ein Mehrfaches an.

Ufy zeterte laut und flatterte wild.

Der Mann war kein Elvaan mehr. Sein Körper war aufgeschwollen und mit Schuppen bedeckt. Nase und Kinn hatten sich weit nach vorne geschoben. Im geöffneten Rachen standen spitze Zähne dicht nebeneinander. Seine Arme hatten sich in kräftige Vorderbeine verwandelt, mit denen er sich auf den Boden stützte. Mit einem lauten Geräusch öffneten sich die Flügel, die auf dem Rücken zusammengefaltet waren. Der lange Schwanz hob sich langsam, dann peitschte er kräftig auf den Boden.

„Das ist … ein Drache!“, murmelte Peta entgeistert.

Ein langgezogener Schrei ließ die Luft vibrieren.

Einen Moment lang konnte Douglas sich nicht bewegen – er war wie gelähmt. Doch sofort kehrte das Gefühl wieder in seinen Körper zurück.

„Er ist noch schwach! Wir müssen fliehen. Schnell! In die Nekropolis!“, kommandierte Peta.

Erst später erfuhr Douglas, dass der Schrei eines Drachen die Kraft hatte, andere Lebewesen zu lähmen.

„Carbunclechen! Bitte!“, befahl Peta dem Avatar, den sie schnell herbeigerufen hatte.

Dieses Wesen, das sogar in der Dunkelheit azurblau leuchtete, sprang dem Drachen mutig entgegen.

Der schwenkte sofort seinen langen Hals herum und fletschte die Zähne.

In diesem Moment rannten Douglas und seine Kameraden an dem Untier vorüber und rasten in den Eingang der Grabstätte.

Lynn trug Ufy im Arm.

„Schnell, schnell!“, mahnte Peta.

Stolpernd und rutschend kamen Douglas und seine Kameraden die Treppe hinunter. Sie gelangten in einen Raum, der etwas breiter war. Von hier führte eine schmalere Treppe in die Tiefe.

„Weiter! Bei seiner Größe, kann er uns ab hier nicht mehr folgen!“

Als sie am Ende der Treppe angekommen waren, hielten sie endlich an. Alle keuchten heftig. Der Schweiß kühlte ihre Körper hier unten sofort ab.

Douglas wurde es ganz kalt.

Bevor sie wieder zu Atem gekommen war, rezitierte Peta sofort einen Zauberspruch zum Wegschicken. Sie vermutete wahrscheinlich, dass ihr Carbuncle keine Chance gegen den Drachen hatte. Wenn sie ihn nicht schnell in seine Welt zurückbeförderte, würde er getötet werden.

„Meine Güte! Was war das denn für ein Vieh!?“, fragte Guava ärgerlich.

„Ein Drache. Allerdings ein Jungtier. Er war noch klein.“

„Was!? Der soll klein gewesen sein? Er war mindestens dreimal so groß wie ich!“, grollte Guava

„Ja. Trotzdem ist er noch ein Kücken“, belehrte Peta ihn.

Douglas nickte zustimmend. Er erinnerte sich an das letzte Gespräch mit dem Kommandanten Rahal in seiner Heimat: „Ich habe gehört, dass ein erwachsener Drache so groß wird, dass er nicht mehr fliegen kann. Die Flügel können nämlich nicht so schnell wie der Körper wachsen.“

„Genauso ist es“, nickte Peta. „Daran kann man erkennen, dass er noch jung ist. Ich vermute, es ist ein Dunkel-Drache.“

„Was ist denn ein ‚Dunkel-Drache‘?“, erkundigte Nim sich mürrisch. Offenbar gefiel es ihm gar nicht, dass von etwas die Rede war, was er nicht kannte.

„Eine ziemlich alte Rasse. Sie werden ‚magische Bestien aus der Urzeit‘ genannt. Man sagt, die Dunkel-Drachen ernähren sich von bösen Gedanken. Daher …“, flüsterte Peta, „werden neugeborene Dunkel-Drachen in Leute eingepflanzt, die ziemlich daneben sind. Von denen können sie dann die bösen Energien schmarotzen.“

Nim, den man durchaus auch für etwas daneben halten konnte, machte eine Miene, die tiefe Abscheu ausdrückte.

Guava meinte: „Aha! Das Biest ernährt sich also von

bösen Gedanken … Ich kann mir sehr gut vorstellen, dass so einer bei Nim prächtig gedeihen würde!“

„Guava! Wie kannst du so etwas sagen! Bist du etwa nicht mein Freund?“

„Gerade weil ich dein Freund bin, weiß ich das so genau.“

Douglas achtete nicht auf die Sticheleien der beiden. Er dachte nach. *Dieser Elvaan war also von einem Dunkel-Drachen besessen.* „Aber warum verfolgt dieses Untier Lynn – beziehungsweise den Kleinen?“, murmelte er leise.

Obwohl er ihn „den Kleinen“ tituliert hatte, ertönte kein verärgertes Fiepen.

In dem Augenblick rief Ticky panisch: „Lynn! Lynn!“

Douglas drehte sich um.

Am Fuß der Treppe kauerte Lynn mit blassem Gesicht.

+ + +

„Jetzt müssen wir uns langsam beeilen“, mahnte Peta.

Lynn konnte sich gerade noch mühsam dahin schleppen. So geschwächt war ihr Körper bereits.

Ticky beharrte darauf, dass sie erst ausruhen sollte, bevor sie weitermarschierten, aber Lynn widersprach: „Wenn ich mich ausruhe, kehrt meine Kraft auch nicht wieder zurück. Ich gehe weiter.“

„Lynn! Du bist verrückt!“

„Aber, Ticky …“, sagte sie mit einer Stimme, als wollte sie ihre Freundin ermahnen, „wir dürfen die Reise nicht noch mehr verzögern.“

Erschrocken hob Guava sein Gesicht.

Lynn blickte ihm in die Augen: „Du hast es doch sehr eilig, nach Kazham zu kommen, nicht wahr?“

„Warum denkst du, dass gerade ich …“, erwiderte Guava. Er fragte sich, wie sie es durchschaut hatte, dass ausgerechnet *er* unter den drei Freunden es besonders eilig hatte.

„Du hast manchmal so besorgt in die Ferne geblickt. Daran habe ich gemerkt, dass du etwas auf dem Herzen hast“, erklärte Lynn.

Guava nickte wortlos.

Da seufzte Nim und erklärte: „Sein Vater wird in Kazham vermisst.“

„Nim!“

„Es gibt keinen Grund mehr, es geheim zu halten, oder?“, sagte Nim gelassen. Guava stieß ein unartikuliertes Ächzen aus.

„So ist das also“, flüsterte Ticky.

„Darum gehe ich weiter“, entschied Lynn und stützte sich auf ihre lange Lanze.

„Also gut! Dann gehen wir alle schön langsam weiter. Wir sind schließlich Weggefährten“, beschloss Peta.

Ihr Kommentar sorgte dafür, dass in den Gesichtern der anderen eine Veränderung vor sich ging.

*Weggefährten* ... Zu seiner Verwunderung klang dieses Wort sehr angenehm für Douglas.

„Nim, bitte einen Schutzzauber!“, bat er schließlich.

„Ja, ja, wenn's sein muss.“ Nim fuchtelte mit seinem Stock und rezitierte den Zauberspruch für „Schutzra“. Gleich darauf umhüllte ein weißer Schimmer die Kameraden.

„Gut, dann mal los“, kommandierte Peta.

Sie gingen weiter.

Die Spitze bildeten Guava und Ticky, in der Mitte liefen Nim und Lynn. Die Nachhut übernahmen Douglas und Peta.

Ihre Schritte hallten auf dem Steinboden.

„Hier in den Coveffe-Grabstätten wurde kürzlich eine groß angelegte Vernichtungsaktion gegen Untote durchgeführt. Daher müsste es hier eigentlich relativ sicher sein“, flüsterte Peta.

„Woher weißt du solche Sachen?“, staunte Douglas.

„Na, weil ich daran teilgenommen habe, woher sonst?“, antwortete Peta, indem sie ihre Hände hinter dem Kopf zusammenlegte. Dieses Tarutaru-Mädchen ließ es irgendwie ständig an der nötigen Ernsthaftigkeit fehlen. Immerhin befanden sie sich gerade in einer Grabkammer. Da hätte sie ruhig ein wenig ängstlich sein können. Doch wirkte sie so ruhig und gelassen, als hätte sie schon hundert Jahre Abenteurer-Erfahrung hinter sich.

„Damals gab es hier jede Menge Geister, Totengeister, Geist-Dämonen und was weiß ich noch alles. Richtig gewimmelt hat es hier vor ihnen.“

„Echt? Gewimmelt?“, wunderte sich Douglas.

„Ja! Einige haben sogar noch geschrien: ‚Ich will nicht sterben!‘ und solche Sachen. Lächerlich, oder? Schließlich waren sie doch schon lange tot!“

Peta erzählte äußerst gelassen, obwohl die Sache an sich eher schauderhaft klang. „Ich hatte damals bis zur Schneeschmelze nichts Besonderes zu tun. Also habe ich bei der Aktion mitgemacht. Dabei habe ich auch die Altäre entdeckt, mit denen wir den Fluch rückgängig machen können.“ Dann schwieg sie.

Die unterirdische Nekropolis bestand aus Böden und Wänden aus sorgfältig behauenen Steinen, sodass sie Douglas eher wie eine antike Stätte vorkam als wie eine Grabkammer. Oder wie ein uraltes Labyrinth.

Der Gang war so schmal, dass gerade zwei Leute nebeneinander gehen konnten.

Andauernd kreuzten die Wege sich auf verwirrende Weise, doch Peta erteilte unbeirrt Anweisungen: „Nach rechts! Weiter geradeaus! Links!“, ganz so, als würde sie sich hier sehr gut auskennen.

Nach einer Weile endete der Pfad. Sie standen in einer Sackgasse.

„Von hier aus wird es ein bisschen gefährlich“, prophezeite Peta. „Drüben ist das Zentrum der Nekropolis. Kann sein, dass einige Untote überlebt haben und sich dort verschanzen.“

Douglas und seine Kameraden wurden merklich angespannter.

„Soll ich den Unhörbarkeitszauber durchführen?“, fragte Nim.

„Ja. Schaden kann es nicht. Aber die Untoten reagieren nicht nur auf Geräusche, sondern auch auf Lebensenergie.“

„Auf Lebensenergie?“, staunte Douglas. *Was sollte das denn sein*?

„Kurz gesagt: Jedes Lebewesen strahlt eine Art innere Energie aus“, erörterte Peta knapp.

„Aha!“ Damit konnte Douglas schon mehr anfangen.

„Dass wir leben, können wir nun mal schlecht verbergen. Deshalb kannst du zwar den Unhörbarkeitszauber beschwören, Nim. Aber wir müssen trotzdem sehr vorsichtig sein“, sagte Peta.

„In Ordnung.“ Nim fuchtelte mit seinem Stock herum. Als der Unhörbarkeitszauber einzusetzen begann, klangen sämtliche Geräusche, die Douglas und seine Kameraden verursachten, wie verschluckt. Nicht einmal das leise Flackern der brennenden Laterne war noch zu hören. Dieser Zauber wirkte nämlich nicht nur auf Personen, sondern auch auf Gegenstände, die man in der Hand oder am Körper trug.

Wie es genau funktionierte, überstieg allerdings Douglas' Vorstellungskraft als Krieger.

Peta trippelte zur Wand. Dort gab es eine kleine Erhebung mit einem Knopf. Den drückte sie.

Die Wand, die ihnen den Weg versperrt hatte, öffnete sich langsam.

Sie gingen hindurch und erreichten nach einer Weile einen kleinen Raum.

Peta forderte alle auf, einzutreten.

In diesem Raum befand sich ein Altar.

Ein Kerzenhalter stand darauf, auf den einige Schriftzeichen eingraviert waren – vermutlich Zaubersprüche. Allerdings stammten die Zeichen aus längst vergangenen Zeiten, sodass Douglas sie nicht lesen konnte.

Diese Schriftzeichen fuhr Peta mit ihrem Stock nach. Anscheinend war es nicht nötig, auch noch laut vorzulesen, was da stand. Dann zündete sie die Kerze auf dem Altar mit dem Feuer der Laterne an, die sie in der Hand trug.

Das sanfte, orangefarbene Licht der Kerze erfüllte den Raum.

Peta schwenkte ihren kurzen Stock und bat die anderen, weiterzugehen.

Douglas und seine Kameraden gehorchten ihr schweigend.

Langsam wurde Douglas klar, dass es in jeder Ecke des Raums einen Altar gab – also insgesamt vier. Allerdings unterteilten Wände den Raum, weswegen man jedes Mal auf einen Knopf drücken und so den Durchgang zum nächsten Raum öffnen musste. Es gestaltete sich ein wenig mühsam. Douglas und seine Kameraden wiederholten den gleichen Vorgang noch dreimal. Beim letzten Mal zuckten alle vor Schreck zusammen, nachdem Peta auf den Knopf gedrückt hatte.

Denn eine Stimme ertönte. Eine tiefe, grollende Stimme, die ganz offensichtlich nicht von einem lebenden Wesen stammte.

Langsam glitt die Wand zur Seite.

Und da stand er. Einer, der eigentlich schon tot war – ein Geist-Dämon. Langsam drehte der Untote sich zu ihnen um. Im ersten Augenblick sah er aus wie ein normales Skelett mit Schwert und Schild. Aber er schimmerte bläulich. Und bei genauerem Hinsehen erkannte Douglas, dass der durchsichtige Körper eines Ritters die Knochen umgab. Es war also keineswegs ein normales Skelett.

Es war wirklich ein Geist-Dämon. Daran hegte Douglas keinen Zweifel mehr.

Auf dem Schild, den das Skelett vor sich hielt, prangte als Zeichen für einen Ritter das Wappen des Großherzogtums Jeuno. Demnach war er wohl zu Lebzeiten ein Ritter gewesen.

Er zog sein Schwert und hob es hoch. Die Klinge erstrahlte kalt im Licht der Laterne.

„Ihr … werdet … Jeuno … nicht … erobern!“, rief er mit heiserer Stimme.

„Was plapperst du da!?“, knurrte Guava, während er die eisernen Nieten über seine Hände streifte.

Der Unhörbarkeitszauber wirkte nicht mehr, aber das war jetzt egal. Sie waren sowieso schon erwischt worden.

„Er ist im Geiste immer noch in der Verteidigungsschlacht um Jeuno. Für ihn sind wir Beastmen“, erklärte Peta.

„Tja. Dann müssen wir ihn wohl erledigen“, Nim rezitierte schnell den Zauberspruch für „Dia“.

Ein Glitzern umgab den Geist-Dämon.

Natürlich hatte Douglas bereits sein Schwert gezückt. Ticky hob den Bogen. Sie schoss den ersten Pfeil ab und sofort einen weiteren hinterher – „Schnellschuss“ hieß diese Technik.

Aber dem Geist-Dämon schien es nichts auszumachen, als die Pfeile ihn trafen.

„Wirkt das bei ihm nicht!?“

„Doch! Nur wesentlich langsamer als bei Lebenden. Mach weiter!“, sagte Peta.

„Was heißt hier ‚mach weiter‘!? Hey, wohin willst du denn?!“, kreischte Ticky. Denn Peta flitzte zum nächsten Raum, wobei sie den Skelett-Ritter völlig vergessen zu haben schien. Obwohl ein Kampf gegen Untote ohne Magier schwer zu gewinnen war. „Noch einer, dann ist es komplett!“ Mit diesen Worten war sie verschwunden.

„Also echt! Diese blöde Tarutaru! Was soll denn das!“

„Der Fluch! Sie geht zum letzten Altar, um den Fluch zu lösen. Wir müssen es ohne sie schaffen!“, rief Guava Ticky zu.

Die schrak zusammen, dann kniff sie entschlossen die Lippen zusammen.

Währenddessen forderte Douglas Lynn auf, nach hinten zu treten.

Sie wollte zwar ihre Lanze heben, aber sie war bereits zu schwach dafür.

„Hey, Kleiner!“, rief er dem Wyvern zu: „Pass auf deine Herrin auf!“

Auch der Wyvern huschte ohne Einwände nach hinten.

Dafür postierte Douglas sich vorne.

Der Geist-Dämon holte mit seinem Schwert aus.

Douglas sprang direkt auf ihn zu. „Komm hierher! Ich bin dein Gegner!“

Mit klappernden Zähnen lachte das Skelett. Im Gesicht des Ritters, das durchsichtig zu erkennen war, verzerrte sich spöttisch der Mund. Dann trat er nach vorne.

Das bläulich glänzende Langschwert sauste direkt auf Douglas’ Kopf herab.

Douglas fing den Schlag mit dem Schild am linken Arm ab.

Das Geräusch von Metallteilen, die gegeneinander prallten, hallte durch die Nekropolis. Es wurde leiser und leiser und verschwand schließlich in den Tiefen des riesigen Labyrinths.

Douglas' linker Arm fühlte sich nach dem Schlag an wie gelähmt. „Verdammt!"

Im Gegenzug schwenkte er sein Schwert. Es sauste auf die Schulter des Skelett-Ritters nieder. Blaue Funken sprühten. *Er ist auch durch einen Zauber geschützt!*

Abermals lachte der Untote mit klappernden Zähnen.

Ein heftiger Kampf folgte.

Weder Tickys Pfeile noch das Schwert von Douglas und Guavas eiserne Nieten richteten dabei großen Schaden an. Es reichte nicht aus, um das Skelett zu erledigen.

Unentwegt wich es ihren Attacken aus, parierte mit dem Schild und schlug mit dem Schwert zu.

Douglas und Guava wurden langsam müde, und Ticky schrie: „Verdammt! Meine Pfeile sind alle!"

„Versteckt dich!", rief Guava.

In diesem Moment streckte der Skelett-Ritter sein Schwert wie eine Fahne zur Decke.

*Was soll das?* Gebannt starrte Douglas ihn an.

„Doug! Guava! Zurück!", donnerte Nim, der es einen Moment früher begriff. Doch zu spät!

Ein Blitz schoss aus der Schwertspitze, sprang zur Decke, sauste von dort nach unten und traf Douglas. Dann zuckte er weiter zu Guava.

Beide konnten sich nicht mehr bewegen – der Ritter hatte sie gelähmt. Sofort griff er an.

*Er ist zu schnell!*

Sein Schwert rauschte von der Seite auf Douglas zu, als wollte es ihn ummähen.

*Meinen Schild! Ich schaff's nicht!* Ein wahnsinniger Schmerz fraß sich in seine Seite.

Das Schwert zeichnete einen großen Bogen in die Luft und traf als Nächsten Guava. Auch er wurde weggeschleudert und prallte auf den Boden. Guava ächzte.

Douglas konnte kaum mehr atmen. Er hustete. Im Mund schmeckte er Blut. Vor seinen Augen wurde es schwarz. Tief in den Ohren dröhnte ein lautes Läuten.

Jeder Atemzug schmerzte. Offenbar waren ihm sämtliche Rippen zertrümmert worden. Er versuchte, mühsam aufzustehen, hatte aber keine Kraft mehr. Mit größter Anstrengung gelang es ihm gerade noch, seinen Kopf zur Seite zu wenden.

Da lag Guava.

Der Skelett-Ritter näherte sich langsam den noch verbliebenen Gegnern – Lynn, die erschöpft am Boden kniete, und Nim, der hinter ihr stand.

„Tja … da kann man nichts machen …"

Als Lynn den Elvaan-Weißmagier das sagen hörte,

hob sie erschrocken den Kopf. Denn die gewohnte Leichtigkeit seines Tonfalls war verschwunden.

Der Wyvern flatterte über ihr.

Nim hielt seinen Stock senkrecht direkt vor die Augen. Er murmelte etwas.

Es war kein Zauberspruch.

Douglas und Guava konnten es hören.

Es war ein Gebet. Er betete um den Segen der Göttin von Altana.

Mit allen Kräften versuchten die beiden, sich aufzurichten. Denn jetzt wurde es ernst! Um den Schutz der Göttin von Altana zu beten, hieß, den Zorn der Beastmen, die Promathia verehrten, und der Untoten, die zur dunklen Welt gehörten, zu verdoppeln.

*Wenn Nim jetzt angegriffen wird, kann ihn niemand beschützen!*

Mit geschlossenen Augen reckte Nim seinen Stock zur Decke – zum Himmel.

Um seinen Körper wirbelte ein weiß schimmernder Wind. Der Wind der Heilung.

Er strich über seine Wangen, ließ sein Haar und seine Robe flattern. Er senkte den Stock und gab den Wind frei. In jeden Winkel der riesigen Katakomben wehte der Wind.

Plötzlich wich das Druckgefühl von Douglas' Brust – doch die Lähmung blieb.

Der Schrei des Wyvern ließ ihn erstarren. Es war ein

Kampfschrei voller Wut, wie ihn Douglas noch nie gehört hatte.

Lynn stand auf und verschränkte ihre Hände schützend vor Nim!

Vor ihr schwebte der Wyvern. Dann flog er zur Decke hoch. Im Sturzflug wollte er sich auf den Skelett-Ritter stürzen – aber das war purer Wahnsinn!

Das Schwert des Untoten stach nach oben. Er wollte den Wyvern aufspießen.

„Das lasse ich nicht zu!“ Ticky huschte plötzlich aus ihrem Versteck und sprang an den Geist-Dämonen heran. Ein Überraschungsangriff, wie er typischerweise von Räubern angewendet wurde.

Der untote Ritter wurde noch von dem Wyvern abgelenkt.

Tickys Dolch zuckte.

Ein Rippenknochen des Geist-Dämons hüpfte weg und kullerte auf den Boden. Er taumelte. In diesem Moment stürzte sich der Wyvern auf ihn und versetzte ihm einen Schlag mit seinen Krallen. Sofort flog er wieder zurück zur Decke.

Der Untote brüllte vor Wut und Schmerz. Auch das durchsichtige Gesicht des Ritters verzerrte sich vor Schmerzen. Hin und her warf er seinen Kopf, um Ticky und den Wyvern zu finden.

Aber Ticky hatte sich bereits wieder versteckt, und der Wyvern kreiste ganz oben unter der Decke in Sicherheit.

Da erinnerte sich der Geist-Dämon, auf wen er es ursprünglich abgesehen hatte. Er stelzte auf sie zu. Seine knöchernen Füße klapperten über den Boden. Langsam näherte er sich Nim – und Lynn.

Mit übermenschlicher Anstrengung gelang es Douglas endlich, sich aufzurappeln. Auf zitternden Beinen schlug er sein Schwert gegen den Schild, um die Aufmerksamkeit des Skeletts auf sich zu lenken. „Hierher!"

Aber der Geist-Dämon würdigte ihn keines Blickes.

Douglas wollte auf ihn zu rennen, aber dann rutschte er aus.

Der Boden war dick mit Blut beschmiert. Es war sein eigenes.

„Mist!", schrie er. Er würde es nicht mehr schaffen.

Der Skelett-Ritter holte langsam mit seinem Schwert aus.

Zuerst würde es Lynn treffen, die mit gesenktem Kopf und heftig atmend vor Nim stand und die Arme weit ausbreitete, um ihn zu schützen.

„Fessel!", ertönte eine schrille Stimme.

Das hoch erhobene Schwert des Untoten blieb plötzlich in der Luft stehen. Der Geist-Dämon konnte sich nicht mehr bewegen.

„Hallo! Ich bin wieder da!", verkündete Peta.

„Was ist mit dem Fluch?", fragte Douglas hastig.

„Gelöst! Schau mal!"

Auch in der vierten Ecke stand jetzt ein Altar mit einer brennenden Kerze. Davon ging ein Licht aus, das selbst Wände durchdrang. Blendend hell fiel der vereinigte Lichtstrahl aller vier Kerzen auf Lynn.

Ihr ganzer Körper strahlte weiß! Lynn hob ihr Gesicht. Sie öffnete ihre haselnussbraunen Augen und packte die Lanze, die sie kraftlos in einer Hand gehalten hatte, mit beiden Händen. Sie streckte ihren Rücken und hob den Schaft der Lanze. Blitzschnell senkte sich die Spitze. Mit einem durchbohrenden Blick starrte sie unverwandt auf das Skelett.

Obwohl es ein unpassender Moment war, fühlte sich Douglas – nur für einen Atemzug – von ihrem Anblick entzückt.

„Vielen Dank! Jetzt bin ich an der Reihe, euch zu schützen!“, rief sie. Dann trat sie einen Schritt auf den Geist-Dämon zu.

Der sah aus, als würde er ein wenig erschrecken. Aber da der Fessel-Zauber auf ihn wirkte, konnte er sich nicht bewegen.

Innere Energie umgab Lynns Körper und übertrug sich auf die Lanze. „Euer Kampf ist bereits lange zu Ende. Bitte schlaft in ewiger Ruhe!“

Die Lanze sauste nach vorne. Zweimal vibrierte die Luft. Das war „Doppel-Stoß“.

Zweimal wurde der Körper des Untoten durchbohrt.

„Douglas! Darf ich bitten!?“, rief Lynn.

„Aber natürlich!!“

Lynns Stimme gab ihm wieder Kraft. Er spürte, dass ihm heißes Blut bis in die Fingerspitzen schoss. Er bog seinen ganzen Körper wie eine Sprungfeder, dann sprang er auf den Untoten los: „Schnelle Klinge!“ Seinen Kumpel ermunterte er: „Guava! Machen wir ihn fertig!“

„Ja! Lass mich den Rest erledigen!“ Guava, der ebenfalls aufgestanden war, verpasste dem Geist-Dämon einen so harten Schlag, dass er taumelte und gegen die Wand prallte, obwohl er noch versucht hatte, den Schlag mit seinem Schild abzuwehren.

„Alle bitte zurücktreten!“, mischte sich Peta ein.

Bevor sie diese Warnung zu Ende gesprochen hatte, hechtete Guava bereits nach hinten weg.

Peta schoss „Feuer“ auf den Untoten ab.

Das war das Ende. Das Skelett loderte auf! Ein langer Todesschrei hallte durch die alte Grabstätte. Das brennende Gerippe brach zusammen. Der Geist des Ritters löste sich langsam auf. Bevor er ganz verschwand, schien sein Gesichtsausdruck Erleichterung zu zeigen – als fühle er sich von etwas befreit. Zumindest kam es Douglas so vor.

Als das Feuer erloschen war, blieb nichts von ihm übrig. Nicht einmal Asche.

Nur der rußige Boden erinnerte daran, dass hier ein Kampf stattgefunden hatte.

# Epilog

Der *Mann* nahm den Bericht der *Frau* spöttisch lächelnd entgegen. Er hasste es, sich aufzuregen. Ärger störte das Denkvermögen. Ruhe und Gelassenheit – das schätzte er. Diese Eigenschaften waren es, die sein Volk immer gepflegt hatte.

Anders als die Völker von Altana oder Promathia.

In Vana'diel lebte ein noch älteres Volk. Angeblich sollte es sogar noch ältere Völker geben als seines. Allerdings hörte man von denen nur noch in Sagen. Sie existierten nicht mehr – soweit er wusste. Doch sein Volk lebte.

Gerade erst einige Monate war es her, dass der Schattenlord als Signal seiner Wiederkehr mehrere seiner Kameraden zu verschiedenen Orte entsandt hatte. Bedauerlicherweise waren sie von neunmalklugen Burschen, die sich „Abenteurer" schimpften, besiegt worden.

Weil sie sich nicht gut genug vorbereitet hatten! Dummheit war das! Anders konnte man es nicht bezeichnen.

*Wir sind anders.* Wir haben uns sorgfältig vorbereitet. Zwar war es ein Fehler, dass ein Teil dieser Vorbereitungen bemerkt worden war. Aber diese Leute wussten gar nicht, was sie da überhaupt gesehen hatten.

*Es sind nun einmal alles einfältige Narren, die so etwas Schwachsinniges wie Altana verehren.*

Der *Mann* fragte, indem er seine Schlangenaugen flackern ließ: „Gibt es jemanden, der den Teleport-Zauber beherrscht?"

„Selbstverständlich", entgegnete die *Frau.*

Er nickte zufrieden.

„Gut! Das habe ich erwartet. Dann versenden wir damit den Sprössling. Er würde sowieso nicht zurückkommen, bevor er seine Aufgabe nicht erfüllt hat. Allerdings …" Er lächelte bösartig. „Sie wären natürlich ohnehin nicht in der Lage, uns den ‚Großen Tag' zu verderben. Aber gut! Der Sprössling soll ruhig seinen Spaß mit ihnen haben."

Langsam formten sich die roten Lippen der *Frau* zu einem Lächeln.

\+ + +

„Hey, hey, hey! Macht dir das gar nichts aus!?", staunte Guava.

Ticky grinste schadenfroh: „Aha! Du hast wohl Höhenangst?"

„Quatsch! Auf keinen Fall! Ich könnte sogar auf der Spitze der Kathedrale balancieren!“

„Na, dann komm mal her! Es ist toll hier!“ Ticky strahlte und genoss ihr Triumphgefühl. Sie lehnte ihren kleinen Körper weit über den Rand des Schiffes. Dann warf sie einen kurzen Blick auf Guava, der sich geduckt an den Frachtkisten festhielt, die an Deck standen. Ticky musste lachen. Weit unter ihr dehnte sich das tiefblaue Meer des Südens. Der Wind war angenehm kühl, fand sie.

Sie war gerade an Deck eines Flugschiffs. Dort konnte man sich unter freiem Himmel aufhalten und den Ausblick genießen, wenn einen der heftige Wind nicht störte.

„Ticky!“

Sie drehte sich langsam um.

Lynn und Douglas kamen an Deck.

„Es ist gefährlich hier!“, behauptete Lynn, die den Wyvern auf den Armen trug.

„Ach was! Kein Problem!“, wehrte Ticky ab. *Seit wann sind sie so gut befreundet?*, überlegte sie, als sie die beiden gemeinsam auftauchen sah.

Denn obwohl Lynns Fluch gelöst war, warf Douglas ihr noch immer besorgte Blicke zu.

Offenbar hatte es ihn hart getroffen, was in der Nekropolis passiert war: Denn er war nicht einmal in der Lage gewesen, Lynn zu beschützen, die zusammengebrochen war. Stattdessen hatte Lynn sogar noch versucht, Nim zu helfen, obwohl sie kaum mehr gehen konnte.

*Wer sie schließlich gerettet hat, waren dieser kleine Wyrm und ... ich! Und ... genau, Peta!*

„Hey! Du könntest runterfallen!“ Guava gab immer noch keine Ruhe.

„Ich würde nie runterfallen!“, triumphierte Ticky und warf sich in die Brust. Wenn man seine Überlegenheit genießen kann, sollte man es möglichst ausgiebig tun!

Allerdings spürte sie – ausgerechnet in diesem Moment – einen kleinen Stich im Herzen. Sie sollte nicht so geringschätzig über Douglas denken!

Damals hatte sie sich nur Gedanken um Lynn gemacht. Obwohl Peta einmal erwähnt hatte, sie wären alle Weggefährten.

Sie war nicht einmal auf die Idee gekommen, dass Guava Kummer haben könnte. Doch Lynn hatte es bemerkt, obwohl sie selber an einem Fluch litt. Ticky hatte seitdem ein schlechtes Gewissen. Deshalb hatte sie auch wieder diese Räuber-Kampftechnik benutzt, die sie sich eigentlich selbst verboten hatte.

„Gut! Es gibt gar keinen Grund, sich zu fürchten! Los, geh weiter!“

Das war Petas Stimme. Sie klang etwas übertrieben fröhlich.

Als Ticky zu ihr hinschaute, wurde ihr sofort schwindelig.

Auf dem nur handbreiten Rand des Decks hatte Peta den Carbuncle abgesetzt.

„Husch, husch! Lauf los!“, befahl sie ihm.

„Kiiiii!“

„Wie bitte? Du hast keine Lust? Wieso denn nicht!?“

„Kiiiii!“

„Hast du Angst? Wirklich? Aber du bist doch ein Avatar!“

Unter ihnen schwebten Wolken, so hoch waren sie!

Nicht einmal Ticky würde so etwas wagen. „Peta! Du verlangst vielleicht ein bisschen viel von ihm.“

„Das ist zu viel für ihn“, sagten Lynn und Douglas gleichzeitig.

Auch der Wyvern bezeugte mit einem Fiepen seine Zustimmung.

„Wieso? Es kann doch gar nichts passieren. Wenn er fällt, brauche ich ihn nur schnell wegzuschicken.“

„Versuchst du es auch, Peta?“, fragte eine weitere Stimme. Der Elvaan-Weißmagier Nim, der sich gerne über seine mangelnden magischen Kräfte beklagte, erschien ebenfalls an Deck.

„Na klar! Soll ich?“

„Äh … Aber Peta. Wenn du fällst, was machst du dann?“

„Kein Problem! Ich muss nur ‚Warp‘ anwenden.“ So lautete der Zauber, der Gruppenmitglieder zu ihrem Heimatpunkt transportierte. „Na ja, allerdings wäre es doch etwas mühsam, in Jeuno wieder ein neues Flugschiff zu besteigen."

Petas einfache Antwort machte alle sprachlos.

Auch der Carbuncle war baff.

Als Peta das sah, führte sie „Wegschicken" aus, und der Carbuncle verschwand.

Angeblich sollte es enorme magische Kräfte kosten, einen Carbuncle, der in einer anderen Welt lebt, lange bei sich zu behalten. Denn die Verbindung zwischen Magier und Avatar wurde nur mithilfe dieser magischen Kräfte aufrechterhalten. Das bedeutete, dass der Magier nach einer Weile völlig erschöpft war. Normalerweise.

„Äh … Entschuldigung. Aber findest du nicht, dass du deine magischen Kräfte ganz schön verschwendest?", wandte Nim ein.

„Wie bitte? Wieso?", entgegnete Peta verständnislos. Es schien ihr tatsächlich überhaupt nichts auszumachen. Nicht umsonst gehörte sie zum Stamm der Tarutaru, der für seine unerschöpflichen magischen Kräfte berühmt war.

Peta ging zu Ticky, stellte sich neben sie und beugte sich möglichst weit nach vorne: „Ist Kazham schon zu sehen?"

„Keine Ahnung." Ticky wusste es wirklich nicht. Denn sie flog zum ersten Mal mit dem Flugschiff.

„Hm", meinte Peta. „In den Grenzgebieten sollten wir

versuchen, den einen oder anderen Carbuncle zu fangen. Sonst lohnt sich der ganze Aufwand nicht, oder?"

„Wie bitte? Fangen?", wunderte sich Ticky.

Die anderen lauschten auch gespannt, was Peta darauf sagen würde.

„Genau! Einen Neuen. Wenn's geht, einen mit Flügeln. Dann kann ich mein Repertoire ein bisschen variieren."

*Hä? Willst du einen Carbuncle, um eine Show mit ihm zu machen?*

Alle waren entsetzt.

In diesem Moment kreischte Peta: „Das ist sie!"

Die Kameraden blickten über das Deck hinaus.

„Schaut! Da drüben!"

Über dem blauen Meer rissen soeben die Wolken auf. Unter ihnen tat sich einen Flecken rot-brauner Erde auf: die Insel Elshimo! Dann schob sich dunkles Grün in ihr Blickfeld, das den Boden bedeckte – der Yuhtunga-Dschungel. Daneben lag das Dorf, in dem die Mithra lebten.

Auch Douglas, Lynn und Nim kamen nun zu ihnen.

Sogar der Wyvern blickte ängstlich nach unten – obwohl er Flügel besaß.

+ + +

Bald schwebte das Flugschiff direkt über der Insel. Stück für Stück sank es tiefer. Das Flugschiff mit Douglas, seinen fünf Kameraden und einem Wyrm an Bord landete sanft auf dem Eiland.

Der junge Ritter-Anwärter und die junge Dragoon hätten sich nicht träumen lassen, dass sie hier etwas erwartete, das ihr Schicksal in völlig neue Bahnen lenken würde.

# NACHWORT

Guten Tag, ich bin Miyabi.

Es freut mich, dass du bis hierher gelesen hast.

In diesem Buch beginnt ein neues Abenteuer mit einem neuen Bündnis.

Neue *Jobs* wie Dragoons oder Beschwörer kommen darin vor. Auch der Schauplatz der Abenteuer erweitert sich – vom Kontinent Quon reist das Bündnis bis zu den fernen Randgebieten!

Ich würde mich sehr freuen, wenn dir die neuen Weggefährten gefallen haben.

Nun möchte ich mich schnell noch bedanken:

Bei Herrn Miyaji von der Redaktion – entschuldigen Sie, dass Ihr Zeitplan meinetwegen durcheinander geraten ist. Bei Herrn Eiji Kaneda, dem Illustrator – herzlichen Dank dafür, dass Sie die neuen Figuren wieder so wunderhübsch zum Leben erweckt haben. Meinem Abenteuer-Kameraden MAXMUM sage ich auch *danke*! Zum Schluss bedanke ich mich bei SQUARE ENIX, die den Schauplatz der Abenteuer immer weiterentwickeln.

P. S.

Das andere Ich der Autorin, LOY (BAHAMUT), hat einen Carbuncle erworben!

buchregal.com
Das Portal für Vielleser

**Mehr Info zu den Final Fantasy XI Büchern bei www.paninicomics.de/videogame**

**Nie mehr einen Erscheinungstermin verpassen! Kostenlose Updates auf: www.buchregal.com/final_fantasy**

NEU
DER ONLINE-ERFOLG AUS JAPAN
FINAL FANTASY XI ONLINE
– endlich auch als Romanreihe!
FINAL FANTASY XI Band 1:
Das Lied des Sturms
ISBN 3-8332-1455-4
FINAL FANTASY XI Band 2:
Der Sternenschwur
ISBN 3-8332-1456-2
FINAL FANTASY XI Band 3:
Der Bund der Ewigkeit
ISBN 3-8332-1457-0
© 2002-2006 SQUARE ENIX CO., LTD. All Rights Reserved.
Title design by Yoshitaka Amano
FINAL FANTASY is a registered trade mark of Square Enix Co., Ltd.
© 2003 Miyabi Hasegawa
PUBLISHED BY ENTERBRAIN, INC. ALL RIGHTS RESERVED.
Weitere Infos zu den Romanen unter
www.paninicomics.de/videogame
Panini BOOKS